姐 妹

SISTERS

〔英〕黛西·约翰逊 著

邹欢 译

上海文艺出版社

致我的姐妹波利、基兰、萨瓦特和杰斯
致我的兄弟杰克和汤姆

我的姐姐是黑洞。

我的姐姐是龙卷风。

我的姐姐是线的另一头,

我的姐姐是锁上的门,

我的姐姐是黑暗中的不确定性。

我的姐姐正在等我。

我的姐姐是将倾之树。

我的姐姐是被砖块堵上的窗。

我的姐姐是许愿骨,

我的姐姐是夜间列车,

我的姐姐是最后一包薯片,

我的姐姐是温暖的被窝。

我的姐姐是燃烧的森林。

我的姐姐是欲沉之船。

我的姐姐是街上最后一栋房屋。

第一部分

塞普丹珀与茱莱①

　　一栋房子。透过绿篱，穿过田野，它露出片面。肮脏的白，窗户陷入砖墙。手牵手在汽车后座，一道光箭自天窗射入。我们两个，肩并肩，呼吸同一片空气。漫长的旅途，沿着这个国度的脊梁，掠过伯明翰环路，穿过诺丁汉、谢菲尔德和利兹，越过奔宁山脉。这一年，我们不堪其扰。什么？这一年，一如既往，我们没有朋友，孑然自处。这一年，我们在旧网球场边等雨来，等他们到来。广播里传来声音：**南方暖空气到来，气温升高……惠特比的警察。**刷，刷，刷，妈妈的手抚过方向盘。我们的思绪仿佛燕子。前排车座高低起伏，宛如一张弓。有一

---

① 据作者，二人得名于英语中的九月（September）和七月（July），中译名为音译。

片海在外面某处。把被子拉过我们的头顶。

这一年，恐惧是另一番模样。

道路蜿蜒，随后又下落到视线之外，我们从柏油马路开到土路上，颠簸颠簸颠簸。妈妈在哭吗？我不知道。我们该问吗？没有答案，而且——不论如何——房子已在眼前，没时间回头或再次尝试或从头再来。这一年，我们是房屋，是每扇窗户里的灯，是关不上的门。当我们俩中的一人说话，我们都感到话语在自己的舌头上滚动。当我们俩中的一人进食，我们都感到食物顺着食道下滑。如果把我们开膛破肚，发现我们共享器官，一个人的肺叶为二人呼吸，一颗心脏为二人热烈地搏动，这不足为奇。

|茱莱|

1

我们到了。就是这里。

我们来到了这栋房子。我们离开后找到了这栋房子。它位于北约克郡沼泽地边缘，紧邻大海。我们的嘴唇因为舔舐盐分而起皮，起皱，四肢沉沉，忍受着生长期的疼痛。滚烫的方向盘，路边的强光。妈妈说道："上车，我们要在天黑前到。"之后很长一段时间，我们闷头赶路。我们想象她可能会说的话，"这都是你们的错"或者"要不是你们干的那些事，我们根本不必离开"。而她真正想说的，当然是"要不是生下了我们""如果我们不曾出生"。

我握紧双手。说不清自己在害怕什么，只知道很害怕。房子就在眼前。它像个孩子一样踞于石板矮墙后，后方牧羊的场地空荡荡的，地上密密麻麻的羊粪，带刺的灌木丛足有一人高。我推开门，一股污浊的空气迎上了新来者。粪便的气味。树篱疯长，牧草和杂草强行突破了水泥，狭长的前院里有各种各样的杂物：老旧的铁锹头、塑料袋、碎花盆以及盆里半死不活的植物根团。塞普丹珀站在高低不平的花园墙垣上，保持平衡，她牙关紧咬，露出似笑非笑的表情。窗户上映着她的身影和她身后我的脸，我的眼睛像两个洞，再往后则是我们的妈妈，她累坏了，倚在汽车引擎盖上。

房屋的白墙上有泥手印，墙皮从中段开始脱落，顶上的楼层塌陷，仿佛一只手弯曲着托住了握拳的另一只手。脚手架搭在一面墙边，路上有从屋顶上掉落的碎瓦片。我把手伸向塞普丹珀的手臂，心想如果我用力咬下去，牙齿嵌进肉里，是不是就能通过这种接触感应到她在想什么。有时我能做到。虽然不是百分百确定，但有种朦胧的意识。好比妈妈在不同的房间里打开收音机，声音会有延迟，你站在走廊里，能听到收音机的回声；但她突然转向溜开了，像只喜鹊一样咯咯笑。

我掏出口袋深处的纸巾，擤了擤鼻子。太阳要落山了，但余晖晒在我裸露的肩膀上依然炽热。我的口袋里还有止咳糖，软趴趴的，黏稠得起了絮。我把一颗糖吸进嘴里。

房子的墙面上有一个标志，它被污渍遮盖。我用纸巾去擦，认出了上面的文字：安置房。我们不曾住过拥有名字的房子。不曾住过这般模样的房子：破败不堪，颓圮变形，没有一处是干净的。塞普丹珀的身体旋转起来。我比以往快五倍的速度闭上眼，这样她就不会跌倒，又或者即便她跌倒了，也会像一只猫一样轻轻落地。

我转头找妈妈。她正吃力地从车里出来；她的身体似乎沉得难以挪动。自从学校里的那件事后，她就变成了这样，沉默寡言，或者说一声不吭。在牛津的房子里，我们在晚上听着她在楼上走动。她对我们只说零碎不成句的词组，很少和我们对视。她的身体仍是熟悉的样子，但里面住的人变了，我希望她会回来。她用脚趾把花园大门踢开。

"帮帮我，"她一边走进院子，一边说道，"乌尔萨说钥匙在青蛙下面。"

我们开始找青蛙。地面有昆虫活动，很疏松。我挖到了一条虫，被它的触感吓到了，它软软的，任人摆布。

"别玩泥巴了。"妈妈说道，于是我们弯腰搜索草丛，找啊找，直到我的手指碰到一只石头青蛙，它的嘴唇肥厚，眼睛像纽扣一样，快要被矮树丛淹没。妈妈一脚踢翻它，接着怨道："没有钥匙。""真倒霉，"她说道，"真倒霉。"然后她握拳捶打自己的大腿，三次。

沿着田野望去，五月的云变成了钢灰色，积聚起来，巨幅地膨胀。我指了指，说道："看啊。"

"好吧。快。找。"

我们把包袋堆在一边，抬起空花盆，在草丛里踢来踢去。我在泥地里找到了硬币。房子边上有一条小径，通往一片花园，花园的墙边堆着石板，草堆变成了腐殖土，还有被人丢弃的金属架。这里可能弄过烧烤，砖结构的口子里有一堆灰烬。房子的侧墙上嵌有贝壳，贝壳嵌在水泥里，地面上铺着颗粒状的沙石，还松散地铺有被海浪打磨得十分光滑的卵石。我看向一扇窗户。透过玻璃：依稀是墙和柜子的形状；可能是食品储藏室。我往手心吐了口唾沫，擦了擦。门框的轮廓更清晰了，门后现出模糊的影子，也许是一张沙发或餐桌，也可能是楼梯的第一级台阶。塞普丹珀在我身边，脸往前凑，双手在窗玻璃上拢起，香甜的香水味，香水是我们从学校附近的博姿药妆偷来的，还有她没有刷牙的气味。她朝我瞪大眼睛，卷起舌头，掐我的手臂。我的脸看上去有些畸形，比例完全失调，脸颊比正常的要长，眼睛像停车计费器上的投币孔那么细长。

我长得像妈妈。或者用妈妈的话说，像她的妈妈，也就是我们的外婆，她在印度，我们从来没见过。塞普丹珀长得和我们不像。我们不记得父亲的模样，但她肯定像他，头发柔顺，脸颊柔嫩且带有金黄色的绒毛，瞳孔的颜色很浅，像雪地里的动物。

那么多年来，有关他的信息滴滴答答地被问出来，每次都大费周章。妈妈二十三岁在哥本哈根度假时和他相遇，当时他在那里生活。他在这座城市跟了她三天。她告诉我们，他就是那样一个人。他的英语无可挑剔——他在这里长大——但他喜欢跟她说丹麦语，她听不懂，而他就喜欢那样。他就是那样一个人。他死了。"他怎么死的?"我们问了四年，她才开口。他在德文郡的一家酒店游泳池里淹死了。他死前，他们已经不在一起了，我们仨，妈妈、五岁的塞普丹珀和年纪更小的我住在其他地方。他死了近一年，他的姐姐才打来电话，告诉她死讯。我们渐渐明白，不能问起他的事。我们不知道怎么描绘他。我们不认识他。塞普丹珀有一次对妈妈说，他是个偷摸抢骗的暴躁混混，妈妈笑出声，应道"说得没错"，但接着几小时一声不吭，那副神情我们后来懂了。每隔三四个圣诞，他的姐姐乌尔萨会来看望，塞普丹珀和我有时会试着从她那里撬出些话，但她从不松口。乌尔萨开一辆折篷汽车，从来不待超过一天，住酒店，不住我们家。她的头发很短，也是金发，因此如果从她身后靠近且不知道是她的话，我们有时会认为她就是他，逝去已久的父亲，让我们母亲伤心和我们存在的缘由。沼泽地边上的房子是她的，但她把房子租了出去，不住这儿，让我们这样无处可去的人住。

  这时风力更劲了些。顺着房子的一侧望去，我们又发现了一扇窗户，窗不大，但不怎么结实的样子，我们一推，它便朝里打开了。

  妈妈在房子前方，拿着一块附近地里捡来的石头，正要用它砸碎门边的窗玻璃。我抬起双手,捂住耳朵。血液怦怦怦地脉动,警报在我的骨髓中响起,从我的喉咙里升起。

"有扇窗能开。"塞普丹珀大叫道,"我想我们可以钻进去。"妈妈冷漠的面孔转向我们,嘴巴往下耷拉,刻进皮肤里。

这扇窗通向食品储藏室。我们钻到里面,手牵着手。窗户下方是脏兮兮的瓷砖地面,瓷砖紧贴潮湿墙面的地方坑坑洼洼的。木质的柜子。一些汤罐头和豆类罐头,两包包装褪色的意大利面。有一股气味,可以说是甜甜的,夹杂着一丝我辨别不出的味儿。天花板很低,我的头顶把灯泡给撞了下来。

塞普丹珀一路上都哼着小曲儿,她兴奋而且想让我知道时就会这样。她的哼唱有许多含义。"喂,你在哪里/来这里/停下/我在生你的气。"我意识到自己害怕这栋房子,害怕妈妈生气,害怕塞普丹珀发脾气。我们以前来过这里,只来过一次,但我记不太清了。

"那是什么?"我说道。

"什么什么?"

"什么气味?"

"我不知道。一只死老鼠?"

"别说了。"

从食品储藏室的门往外看,我们可以看到外面的走廊;左边是前门,在它边上是另一扇紧闭的门,可能是卫生间的门。

再往前是楼梯，右边又是一扇门，而在我们面前，打开的门通往客厅。房子的布局很奇怪，不同寻常，储藏室直通客厅的方式不正常。闻起来有股食物放置太久的气味。气味传到客厅里。客厅一角有个鼓包，看不出形状，堆叠起来的东西。我捏了捏塞普丹珀的手。我们不该来这里，也不可能住在这里。我们最近的一张桌子上有一盏台灯，我凑了过去。有东西被打翻了，从桌子上掉了下去。我的五脏六腑仿佛满是蜜蜂。灯亮了，发出一声尖厉的响声。

"这里什么都没有，"塞普丹珀说道，"别怕，茱莱小虫①。"

她转了一圈，把开关都打开。每样东西都过于明亮，仿佛这些灯泡安装得有问题。有一股焦煳味，而且在往深弧形的灯罩里看时，我发现上面盖着一层蜘蛛网，灯罩底部有苍蝇的尸体。沙发和扶手椅上的毯子破破烂烂，茶几上有两只马克杯，下方有一摞报纸。木质的壁炉之下是一个烧木材的火炉，前方则铺着一块脏污的地毯。一丝光线透过一扇小窗射进来。天花板压得低低的，有横梁。我们要是再高些，就得弯腰走路了。楼梯后方是空置的书架。被我从桌上撞翻的东西在地上，一半在沙发下面。我捡起来时，双手都是灰尘。玻璃碎得参差不齐。塞普丹珀双臂环住我的腰，下巴搁在我的肩膀上。

"别怕，看，这是个蚂蚁养殖箱。"

---

① July-bug，对应 June bug（绿花金龟）的文字游戏。

我将它翻转过来。她说对了。两块玻璃板嵌进了一个窄盒，里面堆满了泥土。有通道、洞穴、贯穿泥土的细沟，我们一动，它们也随之下落。

"我把它摔破了。"我说道，感受——厚重，淤塞，避无可避——住在泥土里，不停念叨着土地奋力前行会是什么样的。

"我们可以把它修好。"她说道，"这里肯定有胶带。我们可以找几只蚂蚁放进去。"

传来敲门声，是妈妈在叫我们。我走过去给她开门。她的脸看上去很疲劳，仿佛整整一星期都没睡。今年冬天很长，圣诞节的天气很糟且让人感觉到之后的日子也不会好，春天迟迟不来。三月在学校打了一架，废弃网球场湿答答的地面，泥巴沾在我们的赤脚上，我的双手看上去是别人的。出事后，我们在牛津又待了两个月，现在五月了，暴雨被高温取代。我想摸摸妈妈的脸，让她像以前那样抱我，我们三人挤在双人床上时那样。可她推开我直向前，下颚紧绷，包袋从她的手里落到地上。自从我们离开学校，我也觉得很累；有几天我觉得自己的肩膀上托着另一具身体。我想告诉她这件事，让她说她不会变，或者说她能帮我养好身体。

我们看着她上楼。塞普丹珀吹了一声口哨，喊她的名字——想惹她生气时她就会这样——希拉不声不响，有那么一刻感觉她迟疑了，可能会回来，但接着，她大步向前，靴子踏上木质的台阶。她的一边腋下夹着被子，另一边夹着工作文件夹。我们站着听她的动静，直到听到关门声。她一直都郁郁寡欢，但从未像现在这样。现在更糟。

"她很生气。"我说道。我能感到塞普丹珀的火气正往上冒。

"她不可能一直都生气。"她说道。

"可能啊。"

"对你不会。"塞普丹珀说道，拉扯我的辫子，痛得我泪水直流。

房子最深处的门通往一间小小的厨房。水槽里有脏烤盘，一边是一只空空的面包袋，也有马克杯。有一扇很小的窗。我笨手笨脚地爬上料理台，去拉窗栓，但窗打不开。一看才发现窗被封上了，木料上钉了钉子，被封死了。我爬了下去。冰箱上有黄色的贴条——我认出这是乌尔萨的笔记，和她寄来的生日贺卡一样——粘连的字母中 A 和 J 格外突出。看别人的贴条让我感觉冒犯到了对方，但我还是倾身细看，想找出某种秘密语言或信息给塞普丹珀看看。但上面只有一些琐碎的事，垃圾日，卡住的后门，一连串不能扔进火堆的东西。厨房脏得我浑身痒痒。我打开水龙头，待水变凉后搓洗自己的双手，可我感觉就连自来水都含有某种成分，黏糊糊的。塞普丹珀在门口朝我吹口哨，几个音符，让我回过神来。

"没事吧，茱莱小虫？"

"没事。"

食品储藏室隔壁是卫生间，有一个浴缸和一个马桶。塞普丹珀一拉，卤钨灯亮了。看样子有人来过这里，而且刚走不久：水槽边有浮沫，上面放着一小块肥皂；两瓶洗发水和沐浴露被扔在浴缸里，地板上有一块疑似化妆品的污渍。

"这是谁的东西？"我问道，一边用大拇指蹭了蹭肥皂，然后觉得恶心。

"不知道啊。乌尔萨的某个租客吧。我听妈妈在电话里和她聊过，我想她把租客都赶出去了，好让我们来住。"

"我们要在这里住多久？"

"你问我有什么用？"塞普丹珀戗道，然后，我也搞不清为什么妈妈要带我们过来。

"死皮。"我说道，手指一边沿着水槽滑过。塞普丹珀瞪了我一眼，走出门外。

赶了那么久的路，我觉得牙齿上蒙了一层东西，带有我们在某个服务站买的奶酪洋葱三明治的味道。我突然想起来，我们没带牙刷，它们支棱在老房子的水槽边，我们不会再回去的那栋房子。我走到客厅，想告诉塞普丹珀牙刷的事，但她在楼上；我能听到她正走来走去。蚂蚁养殖箱里的泥土动了下，仿佛有什么东西从里面穿了过去。温热的空气从前门的门缝底下和烟囱里钻了进来。我想听自己的声音从四面白墙上传回来。这栋房子有种曾经人来人往的感觉。我低声喊塞普丹珀的名字，尽管已经尽可能压低声音了，但还是太响。我能感觉到身后的所有房间。这栋房子的内部无法一眼看尽;我看了看厨房和食品储藏室,但那里没人,只有低悬的灯泡发出的嗡嗡声。我一步跨两级,快速地走上楼梯。有什么东西在我身后,紧跟我的脚步。可是,当我从楼梯最上方转身一看,什么都没有。

狭窄的走廊两边有三间房。最近的一间卧室角落里塞了上下铺,没有其他的家具。以前没有这张床,我们睡在——我想——铺在地板上的床垫。这里的事我还记得一些,但现在都变样了。我找不到塞普丹珀,可下一刻,她在上铺坐起来,取笑我。我的血液挤压着喉咙。

"你去哪里了?"我的声音尖厉,似狗哨声。这是常态——从我们小时候开始——我等着她把我抛下,去走她自己的路。

"我到这里来了,"她说道,"我想看看以前我们睡觉的地方。看。"她拿着一副破旧的望远镜。

"这是什么?"

"你知道的。"

我记得我们曾经找到的一张爸爸的照片,它塞在乌尔萨高级汽车的储物箱里,皱巴巴的;他看上去只有十岁,脖子上挂着这副望远镜。"他为了望远镜差点把我的手臂弄骨折。"乌尔萨撞见我们拿着照片,边说边把它从塞普丹珀的手里拽走。

墙壁上有以前贴过的旧海报的印记,房门上方也有挂钟的痕迹。上下铺窄得如同一张板凳。塞普丹珀一扭一扭地爬下梯子,挥动手臂:"看呀。"

有时候，我会觉得自己还记得我们睡在摇篮里的时候，四手蜷曲在头顶，我现在的视角和那时是一样的。那会儿，我不会说话，但我认为我们当时一定心有灵犀。我是这么想的，希望现在依然如此。当我们大一些后，她撑着摇篮的栏杆，掉了下去，朝我叫喊，让我跟着她做，直到妈妈进来，把她放回床上抑或把我们都带到她的床上，我们的手臂缠绕着彼此，妈妈的胸脯贴着我们的脸颊，塞普丹珀离我近得连沾着泪的睫毛都纤毫毕现。我对她说："你是不是也这么想？是不是希望现在依然是这样？"而她应道："茱莱，我听不懂你在说什么。"

我们窝在妈妈紧闭的房门后，没有听见任何动静。以前也这么做过，听这扇门后的动静。她睡着了，可能。我们打开走廊上的第三扇门。是一个通风的隔间，里面有一个大容量的水箱和一列复杂的冷热水控制开关。地板上有捕鼠器，但没抓到任何东西。我们站在那里，思考这些按钮是做什么的。我们能听到水箱内部的搅动声。雨正淅淅沥沥地落到屋顶上。通过塞普丹珀的手掌，我想，只要用心听，或许能听到她思想的缓慢脉动，她清脆的一言一语。我记得在学校的最后几个星期。那时常常下雨，雨水溢出檐沟，如幕布般顺着窗户流下。去学校的路上，我们从车上看到了一只獾的尸体。其他女孩子的脸。我们离开剑桥的房子，来到这里正是因为她们。那是塞普丹珀的主意，把她们带到老旧的网球场，教训她们一顿，吓唬吓唬她们，但我们来到这栋安置房并不是因为塞普丹珀。这件事全都归咎于一人。

塞普丹珀正胡乱地戳着按钮。望远镜仍旧挂在她脖子上，随着她的动作而晃动。墙后传来牛叫似的闷响。

"我觉得不对劲。"

我们脚下的地板咔嗒一响。

"或许没事。"塞普丹珀说道，"我们下楼吧，我饿了。"

我们把冰箱翻了一通，可什么都没有。隔壁的小储藏室里，罐头早就过期了，罐子好像被人砸过似的凹陷了。

"我们找点别的事做吧。"她说道。

雨斜打在窗户上。我们趴在客厅的地板上，塞普丹珀聊着我们要把自己房间的墙壁刷成什么颜色，贴上什么海报。我半心半意地听着。房间给我的感觉和以前一样，仿佛有什么事正在我看不见的地方发生。塞普丹珀拿起望远镜贴住自己的脸，转动镜筒。

我钻进食品储藏室，摸索电灯的开关。灯泡在小小的空间里晃来晃去，照亮这面墙后又照亮了另一面墙，架子也因此忽明忽暗。我定睛看着罐头，不想再往里多走一步，灯泡发出咔嗒一声后就灭了，整个房间被打入黑暗。

塞普丹珀在厨房的冷柜里找到了一份鸡肉派，我们决定试着烤烤看。在等待的间歇里，我们在笔记本电脑上看以前下载的杰纽芮·哈格拉夫的采访。同时,我也竖起耳朵,想听到妈妈下楼来原谅我们。原谅我们所做的一切。

"如果没有网络的话,我觉得我们明天就得走。"塞普丹珀说道。

派烤过头了。我把它对准垃圾桶,塞普丹珀则把顶上烤焦的一层刮掉。

"我把它烤焦了。"

"没关系。"

可等我们切开后,才发现里面没熟。我把粉色的鸡肉块吐到塞普丹珀张开的手上。她一口都没尝。我们把整个派都叉起来,扔进了垃圾桶。

我不想再去食品储藏室了,塞普丹珀朝我叹口气,自己钻进了漆黑的房间,出来时怀里抱满了凹陷的罐头。有一罐桃子,才过期一年。塞普丹珀用一把餐刀戳开,让我从缺口处吸吮果汁。我突然觉得好饿,晕乎乎的。我拿走她手里的刀,把口子再撬开些,直到手指能伸进去。我掏出桃肉,一口不嚼地直接吞了下去。

"你要来点吗?"

"已经不饿了。"她说道。

我们坐在地板上,而不是沙发上。就这么静静地待了一会。桃汁糖水里有颗粒状的东西。塞普丹珀在她的手机上打开达西·路易斯的专辑,我们记得每一句歌词。

她坐直了些，说道："我是在这里出生的。"

"你说什么？"

她没有回答。烟囱里传来一阵寒意，她伸出一根手指。我们能听到墙后锅炉的声音。我起身，跪坐在地上。

"在这里出生的，你这么说是什么意思？"

"就是说。我生在这里。有一天晚上，我听见妈妈在电话里跟她那书商朋友说的。妈妈说：'可能床都没换呢，说实话。'"

"我以为我们都是在牛津出生的。"

"我之前也这么想。但其实只有你是。我是在这栋房子里出生的。"

我这才意识到，我很在乎我们在同一个地方出生这件事。时隔十个月，在同一家医院，或许在同一张床上；一个追赶着另一个出生了。塞普丹珀，接着——快到几乎在同一时间——我也来了。

"妈妈不喜欢这房子。"她说道。

"你为什么这么想？"

"我就是知道啊。我们以前来这里，她就不喜欢。你还记得我们来的那年夏天吗？她当时就不喜欢，现在也不喜欢。"

"你知道才怪。"

"我就是知道。"塞普丹珀龇牙咧嘴。

"怎么知道的？"

"我就是知道嘛。从妈妈说的话里听出来的。"

"她还说什么了？"

"她说，没别处可去了。她怀着我的时候，跟他和乌尔萨来到这里。后来，她伤心难过时也待在这里。"塞普丹珀说道，张开双臂接受低矮的客厅、蚂蚁养殖箱、带污渍的茶几和厨房的门，"爸爸是在这里出生的，我也是。我记得。"

我看着她，想看清她有没有撒谎。我知道她有时会骗我，或是为了逗我玩，或是想看我能不能察觉她撒谎，而有时候她就是要撒谎，我也不知道为什么。我把桃肉罐头扔到垃圾桶里。暮色渐逝。

没过一会，半睡半醒间——塞普丹珀向我低语，妈妈在走廊另一头大喊。半睡半醒间——她的手指在我的脸颊上按压。

2

沉沉睡去，无边无际，一夜无梦。透过窗帘的光线把我叫醒，我翻身，又睡了过去。我一直处于一种半睡半醒，挣扎着要醒但又躺回去的状态。我的喉咙像沙砾一样干燥。我不停吞咽。我撑坐起来。门框上方的钟：十二点。半天已经过去了。我的胸口疼痛，我低头一看，胸骨处有红色的印记。塞普丹珀不在上铺。我下楼到厨房，脸贴在水龙头下大口喝水，然后直愣愣地站着，听房子里的动静。

"塞普丹珀?"没有应声。

我走到客厅。那里有我们过夜留下的东西，被拖到地板上的枕头，我们喝水用的玻璃杯，在沙发扶手上稳稳放着的笔记本电脑。

塞普丹珀在我睡觉时如影随形。我们当时十或十一岁吧。我被自己在睡梦中打开的冰箱里的灯光刺醒，又或是被自己撬得敞开的窗户冻醒时，她都会在我身后，双手放在我的肩膀上，引导我回去睡觉。糟糕的情况持续了一年。睡与醒之间的裂缝越来越窄。我梦到有东西在天花板上悬着，醒来后它仍在那里，摇摇欲坠。整日整日，过得像做梦一样。我觉得自己丢了什么东西，花好几个小时心不在焉地找，但其实我并没有那样东西。而塞普丹珀总是在我身边，在我尖叫醒来之际嘘声，陪我找那神秘的丢失的物件。我开始变得害怕。我渐渐确信睡眠是一片独立的疆土，如果我打开门，走到那片土地上，厄运会永远跟着我。通常，伴随厄运而来的坏事都和塞普丹珀有关。如果我睡着，塞普丹珀就会离开。如果我睡着，塞普丹珀就会因电击、溺水、火灾或被活埋而死。我们经常上网，想用这个方法让我摆脱恐惧。害怕被活埋叫作活埋恐惧症，怕水是恐水症，怕电击是休克恐惧症。我学会了尽可能少睡。睡梦是混乱，睡梦是沼泽，睡梦是我们父亲葬身的棺材。到了那一年年底，恐惧自行消失，我又能好好睡觉了。我们养成了有助改善情况的习惯：醒来后用热水泡脚，将梦洗去，睡前梳头发。

我们上次来这栋房子恰好是我无法入睡的那年。我们待了一个季节。妈妈当时病了，一天吃三粒药，睡很久。那一年，塞普丹珀还没有坚持要把我们的生日并到同一天，这样一来我们谁大谁小就无所谓了。我们会去海滩，妈妈睡在一块毯子上，我们则堆沙堡，把彼此埋进沙里，只留一个脑袋在外面。有时候，妈妈会到水里，我在前面抱着她，塞普丹珀在她背后，我们会一起逐浪，满嘴海水泡沫，向着寒风大喊。有时候，我们会开车到最近的城镇，三个人一起吃炸鱼薯条，醋味酸爽，盐片清新。在这栋房子里，妈妈会把柠檬汁揉进塞普丹珀的头发里，她的头发变得无比闪亮。

  我们曾摸黑玩游戏。我们的眼睛逐渐适应缺光的环境，我们在房里四处走动时不会撞到任何东西；第一个游戏就是如此。第二个游戏叫作"塞普丹珀说"，是从别处学来的，被我们改进了一番。塞普丹珀是主导者，而我则是个木偶，必须对她言听计从。如果她说"塞普丹珀说倒立"或"塞普丹珀说用永久性的马克笔在墙上写你的名字"，我必须照做。如果她说"倒立"或"用永久性的马克笔在墙上写你的名字"，那么我就不允许这么做，如果不小心做了，我就少一条命。在大多数游戏里，我有五条命，如果五条命都没了，就会有事发生，不过每个游戏最后发生的事都不一样，具体取决于塞普丹珀当日的心情。游戏其实和几条命、是输是赢无关，我们只是想玩游戏。

  上次住在安置房的那段时间，我们几乎一直在玩"塞普丹珀说"。白天，我要做的事很简单："塞普丹珀说前滚翻""塞普丹珀说做个斗鸡眼""原地转圈，你掉一条命"。天色渐暗，要做的事难度渐增："塞普丹珀说剪掉你的手指甲，把它们放到牛奶里""剪掉你全部的头发""塞普丹珀说躺到床底下待一小时""跑到马路中央""塞普丹珀说把你所有的衣服都扔进垃圾桶，站到窗前""把这根针戳进你的手指"。

游戏很妙。我们那段时间一直在玩，但离开这栋房子后，又觉得这游戏没意思，不再玩了。

妈妈的状况时好时坏。我们对她的症状已经习以为常。塞普丹珀曾说她希望妈妈不在，这样我们就可以独处，但我喜欢妈妈在身边，喜欢三个人在一起。在安置房住时，我们三人一起沿着悬崖散步，妈妈会告诉我们所见的植物叫什么或是说说她正在构思的小说情节，我喜欢这样。塞普丹珀最喜欢的是只有我们俩，而我更喜欢我们三个手牵手，妈妈在中间，摇晃我们的手臂。

妈妈状况糟糕时，我们会避开她；有时她在屋子里要找什么东西似的徘徊，但一天傍晚，我们玩游戏时听见她下楼，走出了前门。我们从窗口看着她径直上车，开走了。以前也有过这种情况，所以我们知道她会回来。

"塞普丹珀说假装你是一栋房子。"塞普丹珀说道。

我不确定要怎么做，但还是伸展四肢，把自己围成一个桶形当作墙壁，圈起双手当作窗户，晃动手臂表示门的开关。我大笑出声。

"塞普丹珀说不准笑。"塞普丹珀说道。她爬过来,坐到我腿上,把我的手臂环住她,就像墙壁在她身边聚拢一样,我们就这样待了很长一段时间,我身体都麻了。房子后来长腿跑了,她一路追着。

天色暗了,我们望向窗外找车,在山坡上寻找大光灯。

"那里?"我问道。

"不是。"她说道。

接着,又过了一会。"那里?"

"不是,等等,那里也不是。"

我们假装是从地板下方长出来的树,林子里的鸟,墙里的老鼠。

"听。"塞普丹珀说道,我们跑到窗口,发现她说对了,有大光灯正往这边来,四个灯,照亮了路面的各个部分和田野。我们看着灯往这儿来,然后躺到我们房里的床垫上,羽绒被盖过头顶,屏住呼吸。起初是四个灯,然后是四只脚,走上台阶,在门外停下,接着朝妈妈的房间走去。我们滚到地板上,爬到走廊上。

我们在她门外听了很久,两个人嘘声让彼此安静,平整地趴在地上。那声响真奇怪,仿佛来自我们不曾知道的动物。我能感到身下冰冷的地板,我的膝盖发痒。当我看向塞普丹珀,她眼睛一下都不眨,几乎没有呼吸。你什么都不懂,但在下一刻又什么都懂了,这是怎么做到的?房子吸收了声响,把它扩散出去，引向我们。我本以为能分辨出妈妈的声音，但我竟然无法确定；听上去像另一个女人的，我们不认识的人。还有一个男人的声音。

一声咳嗽从我喉咙口冒出来，声音散开，塞普丹珀抓住我的手，我们起身跑回自己的房间，躺着，一动不动。

第二天，塞普丹珀说一切都感觉不一样了，我不知道她说得对不对。她说这不是一个小小的变化，而是大大不同了。

从客厅小小的窗户向外望去，天空是破旧的模样，坑坑洼洼的路如缎带般蜿蜒向远方，小山丘，也有可能是高山露出的上半截。我想，或许我能听见大海，希望我们可以去到那里。我光着脚，地板冰凉得感觉像石头。我真希望我们还留在牛津，听着妈妈在我们楼上的书房里不停工作，而塞普丹珀则站在卧室开着的门边，说该起来看日食了。

妈妈昨晚肯定下过楼，因为有些行李被拿了出来：电视在角落里，几本书靠在墙边。她肯定也去买过东西了，因为食品储藏室里有吃的，塞普丹珀把这类东西叫作末日伙食：依旧是水果和豆类的罐头，常温储存的牛奶。房子不似昨晚那般忙碌。感觉空荡荡的。我仿佛在睡着的时候被抛弃了。厨房的料理台上有新买的灯泡。我打开包装拿出一只，举着。

"塞普丹珀？"房子在我四周发出哼声，释放出空气。我望向食品储藏室。我想告诉塞普丹珀我一个人换过灯泡，一边伸手要去拧。我用手罩住灯泡,但没有拧转。我把新灯泡放到架子上,把它往里面一推后,去检查开关有没有关。卫生间传来声响,我因此分了心,接着就听到身后的储藏室有玻璃砸碎了。借着客厅的光线,正好能看到新灯泡碎了一地,玻璃撒向我的脚边。我关上储藏室的门,朝卫生间走去,打开门。我的太阳穴感到一阵近乎恐怖的噬咬。塞普丹珀在浴缸里,头发水亮,嘴里吐出一道肥皂水。

"你怎么在这里?"我说道。我能听到自己声音里的急切。"我刚在叫你。我把灯泡弄碎了。"

她双手上上下下拍打水面,水溅湿了地板。"你睡了有一年了。"

"才没有。我能进来吗?"

"我洗好了。"她说道,抬起大脚趾,上面绕着水塞的锁链。水潺潺地流走。"我们要不要做一顿奇怪的饭菜,看点什么?"她撑起身。

她泡澡不叫我,这让我觉得落寞。在家里的时候,我们常常一起泡澡,笔记本放在椅子上,这样我们就能看大卫·爱登堡的纪录片或者早期《荒岛唱片》。塞普丹珀喜欢滚烫的洗澡水,喜欢泡澡吃冷饮:树莓大理石纹冰激凌,梦龙常常从雪糕棍上融化滴落。我了解塞普丹珀的身体胜过我自己的身体。常常——低头看自己——我生出一股巨大的困惑;在镜子里看到自己而非她的脸时,我会吃一惊。她的左脚脚背上有一条盘踞的小蛇似的胎记，她的皮肤被阳光一晒就变红，她的锁骨上有一根长长的毛发，我好想把它拔了，但她说要留它一辈子。我总觉得塞普丹珀的身体比我的要正常。我递给她一条毛巾。她比在牛津时个头更大，似乎占据了更多空间。我戳了戳她的胯部，问道："你干吗不叫我一起？"

"我不知道。可能我就是想一个人吧。"

塞普丹珀拿了扫帚和簸箕收拾完碎灯泡后，我们安上一个新灯泡，然后又打开从汽车里搬来的移动衣帽间，试穿各种连衣裙。我们囤积成癖；有些裙子手肘处破洞，腋下抽丝，边缘沾有食物的污渍。我们轮流穿的最喜欢的一双鞋，鞋底几乎已经磨破。我套上一条蕾丝镶边的连衣裙，缎面细窄的袖子，之后就看着塞普丹珀翻找衣服。

"别呆站在那里看我。"她说道。

"那我该干吗？"

"去食品储藏室里看看。"

有鹰嘴豆、番茄碎和袋装米，但我不想做饭。灯泡异常的亮，可五分钟后又爆了。我在黑暗中屏住呼吸，告诉自己别害怕。楼梯上传来脚步声，我走到客厅，正要告诉塞普丹珀灯泡和食物的事。妈妈来了。她的头发脏兮兮的，扎到头顶。尽管屋里开了暖气，她还是裹了很多层。她的睡衣沾有污渍，一手马克杯，一手餐盘。她晚上下楼吃饭，这样就不会和我们撞上了。就是这样。她在楼梯上停下，看我一眼，又转头找塞普丹珀，而她已经不再翻找衣服，正坐在沙发上，直盯着电视看。

片刻过后，妈妈说道："我得把这些洗了。你们可以跟我进厨房吗？"

三个人站在厨房里很局促。塞普丹珀爬到料理台上，干瞪眼。妈妈把塞子塞进水槽，打开水龙头。我看着她，想起新书发布会那晚。她一袭金裙，一双红鞋，鞋子的丝绒系带在小腿上交织。她因微醺而面色红润，两手环住我们的肩膀。到了午夜，她在酒吧里脱了鞋，赤着脚和书店的人聊天。塞普丹珀把脸紧贴住我的耳朵，说道："她像一个女神。"那时候，我们爱她，这种爱是心甘情愿，永无止境的，我想我们通常并非如此。大多数时候，她对我们而言仅仅是母亲，她同房间里的桌椅无异。

屋子在我们四周潺潺作响。水断断续续地从水龙头里流出。她不和我们对视。她清洗后把东西递给我，我来擦干，接着递给塞普丹珀，她再放进橱柜。我想告诉妈妈我们很抱歉，真的很抱歉，因为学校发生的事情，还想说或许我们可以一起去海滩或吃晚餐。我想让塞普丹珀也这么说，而当我看向她时，她耸着肩说道："妈妈——"

"我就是需要点时间。"妈妈说道。我感到话语冲破了静寂。我感到话语与我的手臂和脸正面相迎。她放下洗碗布，转向我们。"我永远爱你们。"她说道，"如果你们需要我，就来找我。

但我需要点时间。好吗?"

我们点点头,然后她走了。

我又喝了一罐桃肉罐头里的果汁,塞普丹珀给我做了黄油意面,我坐在料理台前吃完。塞普丹珀说她不想吃,可我还是好饿。

"还有吃的吗?"

她啧了一声,但还是给我开了一个罐头,这次是梨肉罐头,我吃得一滴不剩。我感觉骨架紧贴着皮肤,关节处磨得生疼,颧骨也摩擦得难受。

我们看了一集《33》,这部电视剧我们看了足足二十七遍,每遍都是静音模式,角色的嘴巴一张一合,但他们的声音被偷走了。这是我们最爱的剧集。一部杰纽芮·哈格拉夫——我们最爱的导演——早期作品,剧中有两位女性分别是病理学家和图书馆员——观众只知其名不知其姓——哈德利和贝尔调查偏远之地的奇异事件,和不合适的人约会,一季会发生好几次这样的事,死去,然后又重生。我们无聊的时候看自然纪录片。我们喜欢蜥蜴,蝾螈,还有昂起头、腹部在沙地上游走的蛇。我们喜欢血淋淋的杀戮场面,狮群吞食羚羊,或者豹子在树上,而它们的猎物悬挂在树枝上。我们喜欢爱登堡冷静的嗓音,仿佛一切尽在他掌握,动物按他的指令行动。它们奔跑,停下,游泳,挖洞,进食,死亡。我们坐在沙发上一动不动,呼吸,消化，兴奋，暖和起来，而后感觉到凉意。

"我好无聊啊。"塞普丹珀说道，拧我的手臂，我的皮肤立刻变成白色。

"只有无聊的人才觉得无聊。"我照搬妈妈的话，塞普丹珀拧得更用力了，然后指向我的肩膀后侧。

"我们把那东西装满吧。"

我看向她指的地方。蚂蚁养殖箱在桌上，还在我们上次放着的位置。

"箱子破洞了。"

"那又怎么样？我们去找胶带。快来。你去厨房找。"

我打开抽屉又合上，假装在找。我想象着养殖箱在晚上翻倒，等我醒来时被子上爬满了蚂蚁。冰箱顶上有一卷橡胶胶带，还有一堆旧信件。我拿着胶带干站着，直到塞普丹珀进来，从我手上拿走了它。

"你不想玩吗？"

"我想。"

"会很好玩的。它们建造自己的住所。你知道吗？蚂蚁被碾烂后会留下信息素，会让附近的蚂蚁进入进攻模式。"

她蹲在地板上，养殖箱在她的双膝间。她贴上胶带，再剪掉多余的部分，这样我们就能看清箱子里的情况。我觉得痒，手指插进头发里抓挠。塞普丹珀把养殖箱竖直放到桌上，给我围了条围巾，把我的手臂塞进妈妈的大衣衣袖里，给我套上门口找到的一双靴子。乌云还未作罢，仍旧在下雨，天气暖和，没有风。有海盐的气味。我们趴在门外四处探索，捡叶子，把烂泥堆到一边。我找到一只甲虫和一张薄薄的蜘蛛网。塞普丹珀在墙根搜罗，蹲着身子往前跳。她说地上似乎有蚂蚁活动的痕迹，但我们一只蚂蚁都没找着。她的舌头在嘴中这儿戳戳，那儿舔舔，吹口哨示意我继续找，我知道她很烦躁。我又找到了几枚生锈的硬币，我的手指沾了泥浆和湿烂的枯叶，滑溜溜的。我想进屋，把手放到水龙头下冲洗，但只要她还在外面，我就不能进去。我们找了很长时间。塞普丹珀找到了我先前看到的那只甲虫，喘着粗气把它兜了起来，放到养殖箱里。我们看着它闷头乱窜，不时撞到玻璃上。

"它毕竟不是蚂蚁。甲虫会挖洞吗？"我问道，可她没有回答，只掐了掐我的手臂，蹬掉了她的靴子。她生我气的时候，我手足无措。

我觉得头晕，不得不坐下。完整的句子装在我的脑袋里，但我试着要说出来时，词汇好像梗塞住了，我的脑袋突突的疼，没法说话。塞普丹珀热乎乎的手按住我的额头，我合上眼睛，再睁眼时她已经跑开了，但她的余温还在，热到发烫，就在我的皮肤上。

塞普丹珀说道："你还记得那次日食吗？"

我们为了看日食特意早早起床。妈妈给我们做了早餐——

炒蛋，街角小店买的面包——然后上阁楼工作去了。那时我们约莫十一岁。日食前一晚，我们仔细地量好尺寸，给纸箱挖了一个洞。我用美工刀时被割伤，吓呆了，直到塞普丹珀也割伤了自己，她大笑出声，给我看地板上的血滴。

就在那天，我向她许诺了一个人可以给予的一切。

我们把盒子拿到外面的人行道上。人们赶着上班。似乎没有其他人注意到将要发生什么。世界以一种我们难以置信的方式陷入黑暗。我们站在台阶上，眼看着黑色的圆环盖住光线。真是令人激动，不由惊叹，在那之后的整整一个星期，我都梦到日食溅到了我的眼中，渗进我的血液。

"刺痛。"塞普丹珀说道，我明白她的意思：那时候为了比谁胆大，我们屏住呼吸，把箱子挪开，直视天空。一整天，光斑滞留在我们的眼角；我想，这是我们唯一一次所见一致。真希望每次都能这样。

有个男人来弄网络。他的裤子往下掉，看上去不怎么喜欢我们，即便我们给他泡了茶，加了储藏室里的常温牛奶。他埋头工作的时候，我们绕着电话来回走。

"它是怎么运作的?"塞普丹珀问道。

"什么怎么运作?"他的腰臀和山羊一样瘦，发际线在往后退。我觉得他看起来像杰纽芮·哈格拉夫作品里的角色，塞普丹珀明白我在想什么后，嗤之以鼻。在这里，我们似乎更能领会彼此的心意。我想，是否是这个地方的缘故，这里是父亲和塞普丹珀的出生地，这里的房间发出的声音和我们以往的住处截然不同。男人用眼角余光瞥我们，翻转手中的工具，他刚刚拿反了。

"互联网啊。"我说道，塞普丹珀两手捂住嘴巴，笑了出来。

"互联网怎么运作？"他像看疯子一样看着我们。

"是的。"

"我想，"他说道，"它通过设备传递无线电频率。解释得够清楚吗？"

"我觉得不对。"塞普丹珀说道。但我说道："对。"

他转向我们，两手扶着瘦削的臀部。"好吧，到底是哪个？对还是不对？"

"对，"我说道，"大概吧。"

路由器出了问题。他走到屋外和某人通话，低头避开阳光，太阳往西沉了。我们从窗户里瞄他，然后去翻他的包，把线圈、充电器扒拉出来，轻拍埋在包底的平板电脑，嗅了嗅香烟包装盒和保温杯里的咖啡。在翻看的过程中，我紧张得连手都不听使唤，塞普丹珀一人做了俩人的事，翻找东西，再把它们推到一边，咋舌。我们听到他在外面，脚步踩在不平整的地面上。她转身，抬头看我一眼，接着把一样东西塞到自己的口袋里，推搡着我进了厨房。我们站在打开的冰箱前，朝里看。他打量我们。

"你要豆子吗?"塞普丹珀说道,"没有奶酪了,但储藏室里还有豆子。"

"不用。"他说道,随后弯腰去看包。

我们偷瞄着他那嘴唇翻动、做出悄声说话的模样,打开冰箱后又关上了。我瞧见他戒备地盯着我们,在塞普丹珀咬牙咧嘴、露出白牙后,他又看向别处。他基本无视我们,我们觉得很无聊,于是坐到沙发上看爱登堡的纪录片,电视里的猴子游过森林,在水面上两眼警觉。她拿走的东西对他而言肯定可有可无。我松了一口气。过了一会,塞普丹珀走到卫生间,关上门,打开水龙头,我知道她在假装上厕所。男人又弯腰去看包,裤子耷拉着。

"你是不是拿了什么东西?"他问道。

我咬到了自己的舌头。

"你听到我说话了吗?"他说道,"你是不是从包里拿了缆线?"

我摇摇头。

"我上次看还在这里的。拜托,"他现在站直了,说道,"别装糊涂。你听到没?你把它放哪里了?冰箱里。好家伙。去看看。"

他走到厨房,往冰箱里张望。塞普丹珀打开卫生间的门。"我们没拿。"她大声道,声音盖过了男人从厨房里传来的咕哝抱怨,"我们他妈的没拿。"

"不错啊,"他说,双手插进裤袋,下巴对准我们,"这招真不错。快点。坦白承认。你还要不要网了?"

"你还要不要网了。"塞普丹珀说道。她摆出架势,手指蜷曲如爪,嘴巴抿成一条线,准备口出恶言。

"够了啊。"他说道。

"够了啊。"塞普丹珀说道。

他朝我眨眼,求我的意思。我不说话。他不明白。他要我说什么呢?

"你要是配合,我十分钟就能搞定。不来烦你。"

"不来烦你们。"

"耶稣。"

"耶稣。"

"我得弄好才能走。"他说道,随后摊手。

"我好了。"塞普丹珀说道。她咧嘴灿烂一笑。恶心的感觉攥紧了我的两肋。他的双手张开后又握紧,似乎要说什么,但没有说出口。持续的沉默令人尴尬。塞普丹珀又去到卫生间。我耸耸肩,想要道歉,但又不能让塞普丹珀知道我这么想。他走了出去,传来他打开小货车车门的声音。他在找,我心想,再找一根缆线。

卫生间里,塞普丹珀坐在没有水的浴缸里,双臂悬在边缘,头往后仰。她浅色的眼睛睁着,眼白正吞没瞳孔。

"你干吗这样?"我问道。

"为什么不呢?"她说道。

传来男人回来、在房间里走动的声音。我也爬到浴缸里,和塞普丹珀一起。我们听着房子的声响,听着男人设置网络的动静。塞普丹珀时不时地挪动身体或坐直了四处张望,我想她可能要回去,再戏弄他一次,像刚才一样把他逼入窘境。可她却待在浴缸里,来回拉动链条,塞子也跟着一前一后地动,偶尔还对我微笑,好像我们在一起听笑话,就这么过了一会——时间并没有很长——传来小货车开上马路的声响。

"我就是不喜欢他,"塞普丹珀说道,"别想太多。"她跳出浴缸,哼着歌去了客厅。

有 Wi-Fi 了,终于,以及——尽管发生了那么多事——塞普丹珀放下心来欢呼了一声。她一下子打开五个网页,我们听着达西·路易斯的专辑,看这片区域的谷歌地图,努力回忆上次我们来时,海滩离这里有多远。有一条路线横穿田野,下坡,然后就到海边了。

"你觉得,我们会在这里上学吗?"我问道。我们头挨头躺在地毯上,一边捡出地毯长绒里的细碎。我们已经不去想弄网络的那个男人,我们不会再谈论那件事,因为塞普丹珀不想。

"我觉得不会。"

"我们会惹麻烦吗?"

"惹谁的麻烦?"

我不知道要怎么回答。我们看了太久的电视,看得我眼睛刺痛,开始头疼。塞普丹珀给我按摩头皮,力气重了些。我们还同时在看笔记本电脑,这让头疼加剧。我们在两个网站上有账号,账号的头像是从网上搜来的。通常,我们假扮成年女性,给年纪更大的男人发消息,或是他们发给我们;我们捂住嘴,这样妈妈就听不到我们嘲笑他们说话的口气和他们发来的照片。最后,我们变魔术似的揭露自己的身份。塞普丹珀说我们是诱人犯罪的未成年,或者说我们是卧底警察。男人们会删除他们的账号或发来可怕的消息,塞普丹珀最喜欢他们这样。她回复的消息同样可怕,有时候甚至更坏。她总是做过头,我假装在一旁看着,而实际上在想其他事。我们喜欢 Reddit 上关于电视节目或电影的话题,对角色或剧情的讨论。我们喜欢维基百科,它储藏着无尽的知识,过分翔实的事实,隐藏在真相之中的错误和谎言。去年夏天,我们痴迷电脑病毒,这种蠕动的、柔韧的生物或蜂拥而至或慢慢侵占,好几个月甚至几年都潜藏着。我们常年混迹的网站上有杰纽芮·哈格拉夫新电影的传言,我们又读了一遍,在评论区回复了两个想要更多信息的人。

"我们要不要出去走走?"

"整天待在室内也很好啊。"塞普丹珀说道,她长长地伸了个懒腰,直到手腕处的骨头发出了咔嗒声。这话不像是她会说的。在牛津,她才是那个坐不住的,一直想要去河边游泳或者坐公交车去郊外。

"这里不一样,"塞普丹珀说道,"有什么东西不一样了。"她把脑袋贴近我的脸,吸了口气,接着,对着我的耳朵:"你还记得吗?"

"什么?"

我想到了雨中模糊的网球场,雨在生物课上重重地打在天窗上,体育馆漏雨的屋顶,死掉的獾,还有在泥泞的树林里走在我前面的穿着雨衣的她。

在安置房,我的脸觉得很烫,我的裙子领子太高了,让人不舒服。我在地板上把头抬起来。在房间远处的一角浮现出这栋房子的微缩模型,它就像那种极其精致的娃娃屋般打开了。每间房间像是器官,在血液的流动下微微颤动。在其中一间卧室里,一个迷你版的妈妈正坐在画板前工作,她的手肘边放着一杯咖啡。上下铺没有整理好,上面放着我们试过的衣服。有个人在下铺,头发和我的很像。楼下的浴缸满了,水几乎快要溢出来,被泥染成棕色。塞普丹珀在厨房,站在打开的冰箱边,光线照在她的脸上;塞普丹珀还在卫生间里;塞普丹珀还在沙发上,她小小的膝盖上放着笔记本电脑,她的眼睛在屏幕范围里移动;塞普丹珀还趴在屋顶上,手扒着不下来。

她的嘴贴住我的耳朵,正在说什么,她的呼吸在我的脑袋里。

"什么?"

"没什么。你刚想什么呢？"塞普丹珀说道。

我眨眼，眼皮后还有房子的余影，就像日食留下的印记。"几点了？"

"我不知道。四点吧。"

我们看了灶台上的电子钟。七点五十分。窗外天在变暗，我们之前没有发现。白天像被吸走了；钟点被吞噬了。我又饿了，但储藏室里找了一圈，没什么想吃的。房子里太热了，我把手贴在暖气管上，手被烫出了印子。我们咚咚上楼，去检查锅炉，发现暖气温度被调高了。

"你觉得是这个吗？"塞普丹珀说道，可她把每个按钮按了一通，每个旋钮转了一圈，似乎一点变化都没有。"我们现在要怎么办？"

我摇头，而我的头正由于震动着透过墙壁而来的热气阵阵作痛。我真希望我们可以敲响妈妈的房门，诱她出来，但我不会这么提议，如果塞普丹珀不提，那我也不说。

"就算我们叫她，她也不会来。"塞普丹珀说道，"她现在不想跟我们在一起。"

3

在牛津的那段时间并不太平。我知道自己有时会忘记自己在哪儿，或是大声唱歌，清楚其他女孩——还有几个男孩——看到我这样后，觉得我好欺负。有几次，他们在公交车上拿走我的书包，偷拿里面的东西，又或是在午餐时打翻我的水杯。我在厕所隔间里看到过自己的名字：**茱莱吃屎**。**茱莱去死**。这种事总会慢慢过去，或者他们找到了更好玩的目标，又或者塞普丹珀明确表示她不会忍气吞声。我不知道自己是什么感受。通常，在学校或是跟妈妈坐在厨房餐桌边，我觉得我仿佛从自己的身体里往外挪了一点，没法真正地碰到或看清东西。只有塞普丹珀在身边时，我才会好，才能感到疼痛或闻到学校食堂里的饭菜味。她拴住了我。不是把我拴在这个世界，而是拴在她身上。

我喜欢观察他们。这些外人跟我们很不相同。尤其是女孩子。她们动作的姿态。她们坚定自信，但又不过分坚定自信，大胆但又不过分大胆，聪明但又不过分聪明。她们在玩一种我们不知道怎么去玩的游戏。

很长一段时间里，我都故意无视她们，但在新的一年里，情况有所改变，到了三月，变得更糟了。或许是因为天气——很糟糕——或许是快要考试了，或许是因为我做了什么又或许跟一切都无关。在公交车上，我能听到他们在后排快速地、不停地说着什么，她们说起我名字时的口气，塞普丹珀靠着我，身体逐渐僵硬。在班上，她们成群结队，用肩膀把我撞来撞去。她们叫科斯蒂、詹妮弗和莉莉，人很刻薄。她们就没有不刻薄的时候，但那个星期，有什么事让她们变本加厉，刺激了她们。

有一群男孩围着她们转，在走廊上跟在她们身后或在她们的储物柜边徘徊。其中一个——瑞安·德莱弗尔——长着长长的睫毛和害羞的雀斑，不管莉莉说什么，他总是哈哈大笑，这让我觉得很失望。

"他是个傻瓜。"塞普丹珀说完后，再也不愿谈这个人。但我喜欢他。就是这样。我喜欢他。我的肌肉和皮肤都感觉到了这一点。在他身边我说不出话。我喜欢他的外貌和说话的样子，他的体型和嗓音。

那三个女孩在我的金属储藏柜上刻阳具和乳房。她们在走廊上嘘声叫我的名字。她们偷了我储藏柜里所有的运动服,把它们扔在学校四处。

"算了。"我说道,一边把衣服收拢。

"可我介意。"塞普丹珀嘟哝着,有时还会小小地报复一下;在出入门口时冲撞她们,在教室另一头瞪她们。

晚上,我们在卧室里用拳头碾碎咖啡豆,把我们连衣裙的裙摆末端撕成一条条,缠绕在我们赤裸的手臂上,再把我们的头发和手指弄湿,湿布条就会掉到木地板上。"我们在诅咒她们。"塞普丹珀说道,她的头发贴着头皮,她的双眼满是烛焰。

周四的商业街店铺开到深夜,我们去逛了慈善商店,给妈妈找一条适合她在自己新书发布会上穿的连衣裙。她走在我和塞普丹珀中间,边走边聊。为了这次出门,她涂了口红,眼睛也冻得发红。她看上去很开心——每当一个大项目完结后,她总是这样——我想了一会儿,要不要把学校近来发生的事告诉她。我们沿街逛着,一家家地逛,手摸过一排排衣架,接着再到下一家。我的手指攥紧妈妈的手,想着要怎么说。听着,我过得不开心。前方,人一窝蜂似的拥到人行道上,我看见——像触电一样——那三个女孩在人群中,她们提着满满两手的购物袋,面无表情,头发闪亮,穿着皮夹克。我躲到妈妈和塞普丹珀身后，心想：不要看到我不要看到我不要不要不要。她们在聊天，彼此靠得很近。莉莉的嘴快速翻动着，双手穿过一环环的购物袋拎手打手势。我们就快走过她们身边。人群密集，店铺里传来的音乐太响了，我几乎听不到自己的脚步声。我垂下头。她们正走过我们。没事的，我想，我的方位很安全，接着，莉莉抬头正好撞见了我的眼神，然后不见了。"你看到她了吗？"我随后问塞普丹珀，但她只是对我皱皱眉，给更衣室布帘后的妈妈递了件东西。

妈妈试裙子的当儿，我们坐在更衣室外，说道："没，没，可能吧，没，要是……？"更衣室的镜子里，塞普丹珀看上去光彩照人，在二手衣服、一袋袋古董珠宝、一筐筐刮擦磨损的唱片堆里发光。我却是无精打采，面无血色，像快要变质的水果一样发灰。塞普丹珀给我围上围巾，十指套满戒指，把慈善商店的营业员搞得疑心重重，火气不小。我想到那几个女孩，明白我在和莉莉对视那一刻就给自己招来了祸事。

塞普丹珀和妈妈的关系起起落落。有时候，她们是挚友，我会看着她们在厨房餐桌边咯咯笑，但通常她们的关系紧张，为了一点小事就窝火，吵架，招惹彼此。圣诞节时来了一次寒潮，地面结霜，汽车的挡风玻璃被冻住。她们因晚饭吃什么拌嘴，越吵越凶，最后她们开始在厨房朝对方厉声大喊。塞普丹珀拿起手边的杯子，举起来作势要摔。"你敢，"妈妈说道，"你摔啊。你有胆试试。"年初时，她们还为别的事吵过；一月的那几天,每天不到八小时的日照,街上被风大片大片吹落的树叶,突然下起的阵雨把排水沟堵了,整栋房子一股潮味。谁洗碗或晚上看什么,塞普丹珀偷穿妈妈的衣服,吃东西时又把它弄脏了,这些事都会引起争执。我要么当和事佬,要么撒谎,避免让她们比赛谁嗓门大,要么安抚塞普丹珀。她们意见不合,我先前为了这次外出买衣服担心坏了。不过塞普丹珀这回很贴心,妈妈也不记仇,她们手挽手,妈妈的麻花辫还是塞普丹珀编的呢。妈妈试了店里一条方领口、大裙摆的金色连衣裙。

"就那条。"塞普丹珀说话很大声,引得其他人都转头看,妈妈笑出了声,在老旧的地板上转圈。

第二天,我到哪儿都能看到莉莉。午餐时她在我们边上的一桌,手里的勺子在餐盘上画圈,眼睛同时看过来。在厕所,我和她在镜子边擦肩而过。下午有游泳课。老师迟到了,我们坐在泳池边等她。瑞安也在场,和一群朋友一起,他瘦巴巴的,穿红色圆点泳裤,护目镜推到头顶。他说话的音量和擒住一个男同学假装要把他往水里扔的做法,惹得塞普丹珀烦躁地直哼。我全程看着。他带酒窝的微笑,过长的头发,迅速的动作。不止这些。他穿短裤时的身型,他乳头的颜色,他腋下黑色的毛发,他下巴上时而出现的红点。他的种种细节,他的鲜活。塞普丹珀吹口哨让我回头,接着朝我眨眼。我刚一直盯着他看。瑞安身后——像一轮血月——莉莉正注视我。

老师进来时看上去气呼呼的,她叫我们把泳道绳从泳池一头拉到另一头。幸好可以动了。我能感到莉莉的眼神粘在我脑后。我在另一头解开绳子,沿着贴有瓷砖的泳池壁拉开。我看着自己的双脚,避开下水口,那里堵满了创可贴和头发,我看了觉得五脏六腑都往下一沉。泳池一头传来了声音,像是有人站了起来,但我没抬头。我正想着瑞安。有人来了,经过我身边,就停在不远处。我被撞倒了,绳子绕在我两脚的脚踝上,所以我没有摔远,而是直接摔进水里,撞在泳池壁上。

医务室一尘不染,这让我的脑袋都感觉是空荡荡的白色。我想到妈妈穿着金色连衣裙转圈,想到水像一杯血腥玛丽般变得浑浊,我还想到组成瑞安这个人的各个部分。或许,我可以一直待在医务室里。塞普丹珀走来走去,把地板踩得踢踏响,又一边看看墙上的海报。

"看看这个女人的鼻子,"她说道,"上面说可卡因让她烂了鼻子。"

护士去了办公室,她把门关上了。塞普丹珀从橱柜里偷创可贴和小瓶抗菌洗手液。泳池底部的黑色线条在我眼前漂浮。塞普丹珀走过来,把她的脸贴住我的,在我耳边嘟哝胡话。

妈妈后来来了,急匆匆地进门,手里握着车钥匙,头发乱糟糟的,发根汗湿,手指上沾了颜料。她一把抓住我们,抱住。

"出什么事了?"她问了一遍,上车后又问了一遍。但我不肯说，因为我不肯，塞普丹珀也不会告诉她。塞普丹珀不需要其他人。我知道要是我们告诉她，情况会更糟。成年人不懂。成年人忘记了真正的害怕是什么滋味。我在后视镜里对上了她的眼神。

到家后，她从楼上拿来毯子，给我们在沙发上做了小窝，又叫塞普丹珀去做奶酪吐司。她端坐在沙发一边，看着我。她脸上有木炭。

"我知道以后会发生什么。"她说。

我没料到她会说这话。我坐着，一动不动，听着塞普丹珀在厨房里乒乒乓乓的声音。

"我知道以后会发生什么，"妈妈说道，"如果事态失控，塞普丹珀生起气来。"

她的手指按压我的太阳穴，按摩紧绷的皮肤。我把头靠在她的裤子上，裤子有股石墨和黑咖啡的气味。她曾和一个她惧怕的男人在一起，生下我们，但她从不告诉我们她为什么这么做。好几个月，她几乎不说话，只是常常抱着我们，点外卖，泡澡，一泡就是一下午。好几个月，她告诉我们，她生活在一片铁锈和牛皮色调的哀伤之中。

我手指揉搓她裤子的面料，嘴巴张开又合上。我无话可说。我不会承认如有必要，塞普丹珀会和她们打一架，也不会承认我会因此而高兴。那一刻，我想知道，做一个不被孩子需要的母亲是什么感觉。

塞普丹珀回来了，脚步咚咚响，嘴里塞满了奶酪，眼睛瞪得老大。

那天晚上，塞普丹珀替我说话，剥橙子给我们吃。有时，我会伸手想自己做点事，而她会吹声口哨，把我的手往下拍，自己去打开水龙头或往杯子里倒热巧克力粉。我们相拥在沙发上，她累坏了，睡着了，才九点脑袋就枕在我的膝盖上，电视屏幕的光把她的脸映照得绿莹莹的。就在那时，来了条短信。

看到你今天早走了。有点担心。你还好吗？

来信的号码我不认识，因为我只知道妈妈的，还有我和塞普丹珀共用的号码。我握着手机，盯着短信，等待塞普丹珀醒过来告诉我该怎么做。对方是谁，我一点想法都没有。我们两个在学校没有朋友，不和任何人打交道。妈妈唯一一次安排我们去参加的派对是在我们七岁的时候，结局惨不忍睹，因为塞普丹珀把一个女孩的马尾辫给剪了。有谁会注意到我今天早退了呢？我根本想不到。

你是谁？ 我回复。

对方立刻就回了。我的牙齿咔地碰到一起。

瑞安。 然后又发了个笑脸。**你是茱莱吗？**

是的。 我回完后把手机塞到沙发底下，不想去看它。那一刻，我已经染上一种不安的兴奋，心里也早已因为背着塞普丹珀做事充满愧疚，无论是做什么事——更别提这件事了。我怀疑那并不是瑞安,但那晚,当塞普丹珀睡在房间另一头时,我仍旧在回复一条接一条发来的短信。渐渐确信这些话听起来出自他的口,这些话很符合瑞安的特点,不可能是其他人。

他来信:**你很会游泳。我也喜欢游泳,我们找个时间一起去游啊。**

他来信:**你姐姐很吓人!但这很好。我们在学校里应该多聊聊。**

他来信:**我们在学校里应该多聊聊。**

将近五点,他来信:**睡了。四小时后见!**

这是他第一次省略主语,我很高兴。

第二天,我在学校观察他,寻找互相通信的默契,即便他显露出了一点,我也没发觉。数学课上,他递给我一张纸条并微微一笑,或许吧。午餐时,他把最后一块苹果派让给我。塞普丹珀扯扯我的头发,不发一言。

4

妈妈身穿金色连衣裙，红鞋是从朋友那儿借的。塞普丹珀在打理我的头发，让它服帖地披下来。我特意挑了一条有口袋的连衣裙，手机就放在里面。妈妈紧张得口红都涂歪了，塞普丹珀只好拿纸巾给她擦掉，重新替她涂。我们三个合撑一把大伞步行至城里，塞普丹珀的手肘抵着我的肋骨。妈妈的香水味。前方书店的灯光，店门打开时，方形的光线投在人行道上。我们算准上酒的时间，一杯接一杯，飞快地喝着普洛赛克起泡酒。

妈妈新书的封面上画的是我们俩，塞普丹珀拿着一个指南针，我在她身后举着一支老旧的手电筒。自从我记事以来，妈妈在书里写的都是我们。塞普丹珀一向喜欢她把我们画进去，喜欢对着书店橱窗指着说我们就在书里。我不确定自己喜欢与否。我不喜欢对上书页上空洞的眼睛，不喜欢把视线缩小至一个点，也不喜欢人们在书店或在妈妈的活动上看到我们时的品头论足。五岁时，我一直哭鼻子，直到妈妈说她一年之内都不会画我才好。之后，妈妈的画里只有塞普丹珀，她爬树的样子，或在学校的泳池里游泳，去找掉在池底的钥匙，钥匙能打开一个上锁的盒子。但一年后，妈妈又开始画我，我的感觉——虽然这次我不哭不闹——和以前一样。

书是给孩子看的，每一页都配有插画。在新书里，我们逃离了一座修道院，寻找通往秘密洞穴的路，传说那里有宝藏。我们戴着相似的黄色腰带（发布会上我们也穿了），塞普丹珀承包了爬上爬下、蹦蹦跳跳、跑来跑去的戏份，而我则是个小学究，要么把头埋在书里，要么把巨大的放大镜举到眼前。我试过去念这本书，但一看到有自己的插画就觉得头晕，所以一天晚上，塞普丹珀负责大声念书，她趁妈妈在楼上工作时，四仰八叉地躺在妈妈床上。每念到我说的话，她便拗一口滑稽的口音，面部表情活灵活现，让我尴尬得皱眉头。

妈妈的出版商参加了派对，她的朋友和大多数书店的人也都来了。大家都有说有笑的。有人把凯特·布什的歌放得很响，大家只有大喊才能让对方听见。塞普丹珀穿过人群，顺了几杯葡萄酒，在其他人朝她看去时致以微笑。她总是知道该说什么。

手机在我口袋里响了又响。妈妈快要致辞了。是我们上个礼拜协助她写的,那时我们一边喝伯爵茶熬到深夜,一边笑话她蹩脚的双关。

我从塞普丹珀身边偷偷溜开,进到卫生间。地板上因为湿答答的卫生纸而滑溜溜的。我坐到马桶上。

瑞安说:**你今晚干什么呢?**

瑞安说:**我和朋友出门玩了。真希望你也在。**

瑞安说:**我觉得没有人真正懂我。但我想你可能懂。**

每条短信结尾,他都加了一个笑脸和三个亲吻的表情。短信来得太快,满是暗示,我来不及回复。我的两根大拇指在作痛。有人用力敲门,而我则蜷缩在地板上,一言不发。我和他聊起了塞普丹珀、新书发布会和我们被偷偷塞进其中的那本书。我告诉他我担心的事,我知道这些都不是大事,但我总是会去想。他说:**我有时候也有这种感觉。**他说:**巧了!我也这么觉得。**我抬头,意识到自己在这儿已经待了好长一阵,我肯定错过了致辞。

我下楼,人都走了,只剩几个书店的人在清理酒杯。

"他们在酒吧。"其中一个人说道,他的下巴指向门口和马路对面的建筑物。

酒吧里满是人,椅子都被推倒了墙边,大家都站着,员工在长长的木质吧台后汗涔涔的,地板因洒了的啤酒滑溜溜,还散落着薯片,踩上去嘎吱嘎吱的。音乐在我的耳膜上轰响。我想拿着手机坐到寒冷的户外,等短信。我想告诉塞普丹珀这件事,但又想永远留住这个秘密。我看到妈妈在吧台,她把鞋子拎在手里,笑呵呵的。一个小孩冲了过来。塞普丹珀抓住我的手臂,把我拖到出口处。有人进来后没关门,雨水正往我们腿上飘。

"你去哪里了?你做什么去了?"她用力摇晃我,咬牙切齿,手指紧紧扣住我的上臂。

"哪里也没去啊。"

"我在找你。找你好久了。"

"对不起啊。"

塞普丹珀放开我,吐了吐舌头。"我需要你。他妈的。"

"他妈的。"

"肏。"

手机在我的口袋里震动。"我要上厕所。"我说道。

"不,你不用。"

"要去的,我真得去。"

她打量着我。"你得告诉我究竟是什么事。"

我尽可能清空自己的大脑。"没有啊。"

"我不信。"

我不发一言。一旦我开口,塞普丹珀就会从字里行间挖掘出底下掩埋的真相。

"喝一杯再走。"她一手箍住我的上臂,把我拖到一处免费喝酒的角落，成功说服别人我们已经到了可以喝酒的年龄，我们拿了一瓶又甜又黏腻的东西。她把瓶子拿起来对准我的嘴，我在气泡中咳嗽。我能感到口袋中的手机，想无视它。塞普丹珀一手指过我们认识的人，靠过来对着我的耳朵说悄悄话。

"我要小便。"我说道。我能听到自己有点大舌头，词汇含混在一起。

她瞪着我，但我要离开时，她放手让我走了。

这里的厕所比书店的还糟。有人在一间隔间里吐了，还有一间的马桶堵住了。我站在镜子前，拿出口袋里的手机。

短信说：**茱莱，我喜欢你。**

我撑在水池边。我打了一条短信（**我也喜欢你**），接着又删了，重新打字。一条短信进来了。

我想看看你。可以发张照片吗？

什么样的照片？我打字回复，同时已经走到一间空隔间，锁上门，脱掉裙子，把手机举远，这双手动起来仿佛不是我的，而是别人的。楼上的音乐轰响，透过地板发出砰砰声。我已经能感到塞普丹珀的震怒了。我们总是一起行动，但现在我独自一人。

性感的。短信说。

我调整了很久才拍好。我紧张得手机直往下掉，抑或忘记微笑。大多数照片里，我看上去都是一副害怕的样子，像是被绑架或者被别人从暗处偷拍。每张照片里的我都是焦虑的，心不在焉，游魂一般——就像我在妈妈的绘本里那样。我不停在想塞普丹珀用我的声音把书念出声来，声音太像了，都不需要我念自己的部分。我想：我得上楼，找塞普丹珀，叫她把手机拿走。但我没有这么做。这些短信属于我，而非其他任何人。

有人进了卫生间，喊我的名字。

"茱莱，你在哪里？"

"等一下。"我说道，一边笨拙地摆弄手机，想要拍照，差点把它摔了。门嘎吱作响，砰地直开到底。她在用拳头砸门。门闩上下震动。我咬紧牙关，强睁着眼睛，把裙子扯到一边，又拍了张照，然后发送。

"让我进来，你这个女巫。"

我把门闩拉开，她径直冲过来，把我撞到墙上。她的瞳孔扩张，嘴唇湿润。她把身后的门上锁。

"出什么事了？"

"没事啊。"我这么说道，但我的眼睛瞥向手机。她朝我咧嘴一笑，想拿手机，来够我的手，用指甲抓我的脸，差点就拿到了。我四处乱撞，卡在她和手机之间，把马桶盖掀起来，再把手机扔进去。眼看着手机掉进去，她吹了声口哨。"真没劲，茱莱小虫。"

这一晚之后的事模糊一片，参差不齐。妈妈站到一张旧桌子上,又是一番致辞,说没有塞普丹珀和我,一切都没意义。有人喊到:"说得好,希拉。"

两三点钟时,妈妈从家附近的外卖店给我们买了薯片,我们走回了家。月亮在发光。我想到日食/斑马线/我掉下去、撞到头的泳池。塞普丹珀正聊着今晚的事,妈妈仰头大笑,薯片蘸了醋,手机没了。后来,我躺在床上睡不着觉,打开了灯。塞普丹珀已经爬到了我的床上,两条手臂举在头顶,两条腿占了大半的空间,睡得正香。

我们上学迟到了。妈妈宿醉,她戴着墨镜,就着保温杯喝咖啡,慢慢开往学校。我握着塞普丹珀的手,想无声地和她沟通发生了什么,但她没理我。她还在为手机的事生气,因为她一再坚持我们共用一只手机,而不是一人一只。我望向窗外。

"我唯一的愿望就是这该死的雨别再下了。"妈妈说道,"房子快要漂走了,我的两个宝贝女儿也会被带走。"

学校外的马路上车满满当当,于是我们下车走过去。我能感到自己手指之间的静电。有种不适的感觉,就像刚消化一半的餐食。我再次我住塞普丹珀的手,这一次,她肯定察觉到了什么,转过头看我。

"怎么了?茱莱小虫?"

我摇摇头。有几个女生正等在校门外,朝我们看来。她们的脸凑在一起,嘴巴大大的,像是被剥了皮暴露在外的深色器官。

"什么事，茱莱？"塞普丹珀问出声的时候，我们已经来到校门前。我还没想好或说什么呢，一眨眼我们就进了校门。有人看到了我们，我听到了自己的名字，之后被反复提及。塞普丹珀神色变了。一个老师朝我们走来，她腋窝下的衬衫汗湿，她抬起手，要把我们推出去，但有人赶在那之前——在她身后——朝我们亮出手机屏幕，我看到了。我没有看清屏幕上的圆脸，乳头像上下颠倒的感叹号一样居于屏幕中央。照片的背景是马桶的水箱上部，那个人穿着我的裙子。每一张脸都对着我，走廊上的灯光照着他们月牙状的眼窝。仿佛有东西被塞进了我的耳朵、鼻子和嘴巴，而那东西正在皮肤下膨胀，浸润；我的牙齿很疼，像是刚咬了一口寒气逼人的东西。塞普丹珀看清了照片，接着转身直勾勾地看着我。

5

整整一个星期,我们没去上课。每一天,我眼看塞普丹珀越来越生气,吃饭时埋头猛吃,几乎不带喘气。她列了一长串的词汇来形容莉莉、科斯蒂和詹妮弗:抽风女魔头、臭口水糊满脸。我浑浑噩噩,从床上挪到沙发上,又从沙发挪回床上,塞普丹珀则像只气疯的狗一样围着我发脾气。妈妈会进房间,提议我们看部电影,而塞普丹珀则看着她,一副即便是你也别来管,即便是你也得小心点的模样。夜里,我会醒过来,妈妈在房间里陪着我们,坐在床边的一把椅子上,或是望着外面的街道,或是转向床这边,看着我们睡觉。我明白,她只有在塞普丹珀睡得迷迷糊糊、失去攻击性时才能靠近。她不停地问我感觉怎么样，好点没。我不想谈这件事，不想让它变得更加确切。意识一波一波地到来，带着某种深刻的警觉，其剧烈程度前所未有。

回去上学前一天，塞普丹珀说我们要出趟门，于是我们走到了市中心，四处逛商店。我担心会碰到学校里的人，所以她给我戴上鸭舌帽和墨镜遮掩，牵着我的手前后摆动。我们走到服装店里，看到的每件东西都会摸一摸，触摸衣服上的小闪片和轻柔的丝绒褶皱。在博姿门店，我们试了口红，蜷缩着，这样就不会有人看到了。我们把香水喷到空中，然后踏进香氛之雾。在被照得敞亮的过道上，瓶装除臭剂和沐浴露的边上，我能感到明日将至。每个看过照片的人都会出现，而且更糟的是，瑞安也在。有没有可能他没看到照片呢？或许他生病了，没去学校。塞普丹珀往我的脖子上和脉搏处涂了点香水，说道："我喜欢这款。"然后，她把香水放到我的外套口袋里，叫我走到她前头，走出大门。

星期一，我察觉到塞普丹珀不会放任照片的事不管。她气得要命，我的脑袋因此乱哄哄的，想着她在计划的事。妈妈肯定也察觉到了，因为她靠边停车，往后仰，看向我们。

"事情很糟糕，"她说道，"但已经过去了。别再追究了。"

她同时看着我们两个,但我知道她不是在对我说话。塞普丹珀撞开门,甩开腿,走了。

状况比以前更糟。我习惯了和墙融为一体,人们当我不存在似的走过我身边。但那样的生活已不复从前,那张照片不断出现;有人复印了照片,把它粘在高年级公共休息室的储物柜上,还有人通过邮箱把照片群发至学校的电脑,我们走到哪儿都能看到它。我在课上哭个不停,只得去厕所,塞普丹珀急匆匆地赶在我身后。照片上的我看着像另一个人,有时我几乎很难相信它真的发生过;但总有人对我指指点点,让我忘不了这件事。我在闪光灯下惊愕的眼神,我的乳房。就是这样。从小到大,只有塞普丹珀看到过我的这一部分。

瑞安被叫去校长办公室。我们到哪儿都能看见他,他就像学校浅黄色门廊上一道烧焦的印记,他在走廊尽头或正走出我们刚要进去的教室,他在体育馆里,精瘦的双腿从运动短裤下伸出来。不消说,他已经看过照片,也知道我在拍照时以为收信人是他。他之前很可能都不知道我是谁,但现在他能认出我了。

每个稍微知情的人都知道不是他。很明显,从莉莉和另外两个女生走路的姿态就能看出来。从她们在我进门那刻放声大笑的做派就能看出来。一天早上,科斯蒂复印了一张照片,把它贴在自己胸前四处展示。还没到上课时间,所有的窗户上都挂了一层雾。我们正坐在公共休息室,等候点名。瑞安在储物柜那边,半倚靠着,两臂交叠,因为别人刚和他说的几句话咯咯笑着。科斯蒂的头发扎成了莱娅公主式的小发髻,外套搭在手臂上。照片用透明胶带贴在她的白衬衫前,不停往下滑,她只好用手指固定住,她涂了绿色的指甲油。在她身后,我看到詹妮弗和其他几个女生在怪笑,每当有人转身去看她们究竟在笑什么时,她们更是笑弯了腰。我的牙齿用力地抠进下嘴唇的软肉里,心里重复道:"不要不要不要不要。"塞普丹珀的怒气像碎木片一样从脸上迸发出来。我们原本坐在长凳上,她作势要站起来。我下意识地朝她伸出手,心里很难受。她把我推开。科斯蒂朝我们眨眼,警觉地盯着塞普丹珀,仿佛她已经开始后悔自己做的事。塞普丹珀一把抓住科斯蒂的发髻,把她的脑袋往地上拽,科斯蒂痛得急叫,对塞普丹珀又抓又挠。二人争夺着控制权,科斯蒂在尖叫("放开我,你这个婊子"),其他人纷纷聚拢。瑞安和他的几个朋友站到台球桌上观望。班里半数的同学都加入了混战,扭打着,拉扯塞普丹珀的头发和手臂,抓我的脸。我能感到我的肋骨四周呼之欲出的震颤的尖叫。一位老师介入,被打了,开始流鼻血。塞普丹珀被拽开,科斯蒂紧跟其后,扬起拳头不断挥舞地冲过去。我双手护着脸颊,用尽全力往里缩。

她们两个被勒令停课三天,而我不愿意一个人去学校。妈妈没有逼我去上学。塞普丹珀坐在餐桌边，神情若有所思，一边喝咖啡，一边做着他们送来的回家作业。我一直没睡觉，她也陪着我不睡觉。我们玩"塞普丹珀说"和捉迷藏的游戏，像小孩子一样在黑暗中匍匐搜索，把沙发背后的灰尘蹭到自己的脸上。她不停说："我要对此采取行动。"我不知道她是什么意思，也不敢问。她以前也这么说过，在她想报复或生气的时候，但结局都不怎么好。我们还很小时，有孩子偷了我的包，于是她把他们的手用胶水粘在桌上，还有妈妈不同意她的想法时，她的脸上会都挂上那种神情。

我想到了其他的选择，另外的解决办法。我们可以离开，永远不再回来。我们可以改名，这样就没人认识我们了。我们仨可以搬去冰岛或墨西哥。我忍不住想要和她说这些，但总是出于某种原因没说出口。我总是忘记以前发生过的事，但随着一阵冷战，又会重新记起。

"我知道我们能做什么了。"一天下午，她说道。电台上说飓风雷吉娜正在往我们的方向南移。她隔着窗玻璃用手指轻叩起风的街道。"你记得老网球场边上的那个地方吗？那个奇怪的储物棚屋。"

我们刚入学时想找个藏身的地方，所以去过那里两次。那时候，网球场还偶尔有人光顾，但棚屋已经软塌塌的，发了霉；这些年来树木生长，笼罩了球场，把它们挡住了，人从外面看不到。球场被弃用了。塞普丹珀打开床头灯。光线仿佛从她的双眼中反射出来。

"我想，或许我们可以去那里，叫上莉莉和其他人。"

我一言不发。

"你怎么想？"

我保持沉默。

"说呀。别那么讨人厌。我们去叫他们在那里和我们会合，然后我会和他们谈谈，就我们几个。我会警告他们。"

"我没有讨人厌。"

"你现在就有。"

我的口水尝起来是酸臭的。"这个想法不错。"

"我当然知道不错。"她说道，"所以，我明天问问他们？"

"好。"我说道。

"你说什么？"

"好。"我大声道。

所有的一切都在指向那里：暴雨过后泡在水里的老网球场，我们泥泞双脚和双手，被风压得嘎吱作响的泛光灯。塞普丹珀吹起了曲调，即便风大雨大，我还是能听到她在叫我。之前在厨房里，我看着她把妈妈用来切洋葱的锋利小刀顺进自己的口袋，随后她把下巴对着我，看我敢不敢说话。网球场上有一棵树倒下了——倒了吗？——被大水冲得松动了，树下的棚屋被压垮了。我一直能听到救护车的声音,看来雨势变弱了。妈妈的双手把住方向盘,指关节发白。塞普丹珀对我耳语,说我无能为力,事情必然会这样。我的记忆模糊。那几个女生聚集在转向圈里,神色惊恐。"总之,我不懂这有什么好大惊小怪的。我们吓唬了她们一下。就是这样而已。"塞普丹珀说道,"好好吓唬了她们一把。"

后来,我生病倒下了。不是以往冬天直至春寒料峭时我一直会有的感冒,而是更严重的一种病。我总是在寒冷的早上觉得恶心,把前一天晚饭吐得精光,手上和小腿肚上的皮肤越来越痛,越来越红,开始蜕皮,有时痒得我半夜睡不着觉,把自己抓出血。我很累,医生给我开的药让我更加疲乏,脾气更暴躁,还常常让我头晕。

我们订下了一个契约。在牛津的时候。手牵手站在镜子前,用我们的镜像再次确认我们会遵守诺言。我们会克服将来会出现的任何事。塞普丹珀站在我身边,但我仍旧觉得自己的手握住的是虚空。我不断握紧。"茱莱,"她问到,"你能保证吗?"我会向她承诺任何事。"茱莱,"她说道,"听我说。我们之间向来说话算话。"

6

我睡着的时候有东西趴到了我身上。我睁不开眼。我的脸上感觉到呼吸，热乎乎的，胸口感觉似乎有拳头在碾压。我想说话，叫塞普丹珀，但却动弹不得，双臂和双腿僵直在躯干两边。我能睁开一只眼，微微睁开，视线模糊。我的上方有影子在往下压，影子的脸依稀可辨，可紧接着变暗了，它们走了。

晚上，妈妈待在楼下，身边的平底锅里是辣椒，上面装饰着心形的香菜叶。塞普丹珀闻了闻，不愿吃。我满满地盛了一碗，狼吞虎咽，上颚火辣辣的。一碗吃完后，我又迅速吃了第二碗。我的胸口很疼，开始淤青。胸上的印记让我害怕，呈张开的手指状。我想找塞普丹珀问问，但她似乎心情不好。她登录了我们以前用过的聊天网站，检查我们的账户资料，上面有几条留言。有时候，我们会对自己讲述这些我们凭空创造出来的女性的故事。我们会想象她们在学校做什么，有哪些朋友，周末做什么。我们想象她们生命中的小小片断：她们在希腊度假时救下的一只猫，她们吃过的最丰盛的一餐。登录这些网站，假冒身份，还有可能被别人发现，这些都让我感到紧张。有时候，我们假装自己是男人，这么做更简单，因为他远离我们真实的身份。假装自己是别人就好比穿上了一套不合身的衣服，袖子把手臂勒出红印，腰间松松垮垮的。

网络出问题了。满屏都是弹窗页面，笔记本电脑发出低沉而又不祥的嗡嗡声。我们想要浏览的网页有大块的内容缺失，照片看上去损坏了，句子只显示出一半。我们还偏偏多逗留了一会，最后我们所有的标签页一下子全部关闭，电脑黑屏。

"病毒是互联网上的幽灵。"塞普丹珀说道，接着，她的肩膀缩起来，几乎快要碰到下巴，她嘟哝道："见鬼，见鬼，见鬼。我们去海边吧。"

我们在妈妈的卧室外站了一会。我把耳朵贴到木门上，觉得自己听到了她在里面走动，像老鼠一样，悉悉索索的。我在听是否有铅笔在纸上划动的声音。如果她在工作，那就万事大吉。就在我们离开牛津前,她开始创作一本新书。在这本新书里,塞普丹珀和我坐船到了一座岛上,那里即便盛夏时分依旧有皑皑白雪,我们努力地想让这座岛重新变暖。要是她在工作,或许她能原谅我们。但是,在起初的动静之后,房内基本再无声响。

"走呀。"塞普丹珀说道,"我们给她留张条。"

不过最后我们连条也没留。后门有两双过大的雨靴,我们把双脚塞了进去。塞普丹珀在屋前翻跟斗,手臂悬空,下巴朝向近乎亮蓝色的天空。她的脖子上挂着什么东西,随着她的动作飞舞。是望远镜。我没瞧见她拿了屋里的望远镜。

"你带这个干吗?"

"你说呢?"她说道,声音随着她打转而忽强忽弱。

我记得妈妈有一天晚上从朋友家聚餐回来,她的话匣子打开了,在厨房给我们做了热巧克力。她和我们说了我们的父亲和他从小使用的望远镜,说他不愿意把望远镜给别人用,哪怕她碰一下也会生气。他好几次收拾行囊,把望远镜挂在脖子上,出门猎鸟。这就是他的说法,不是观鸟,而是猎鸟。归来后的他兴奋不已,喋喋不休。我想象他站在我们上方的一扇窗边,透过望远镜观察我们。他很年轻,甚至比我们都年轻,他的眼睛和塞普丹珀的一样蓝,眼周的皮肤因被望远镜压着而泛红。

塞普丹珀沿着小路阔步向前,她的小腿时不时从过大的雨靴中露出来。我匆匆赶上她,走了几步后我们的步伐一致,贴着彼此的手臂。

"看。"塞普丹珀一指。天边山丘错落，但远处能看见海岸线。时值五月末，我们头顶的太阳炽热，滚烫的土地散发出气味。我时不时感受到体内的阻力，好比寻找——在目不能视的情况下——你的脚趾尖。我试着加大手上的力气，但她拽着我向前。我想象妈妈走出卧室，发现我们不见后的样子。她有可能认为我们是离家出走，永远离开她了。我们加快脚步，从马路上跳到了田野里。草皮茂密又锋利，几乎能把人割出血来。塞普丹珀犹豫不决，抓着望远镜举到她的眼前，转头朝上盯着天空。

"你看什么呢？"

她不答。

我走近前方的沙丘。塞普丹珀在我身后发出声音，咔嗒咔嗒，奇怪的呼叫，低沉的咒语，编造的词汇。一条小径通往海滩。我脱掉雨靴，地面潮湿冰冷，接着变得炽热干燥。

我回头看；下方的沙丘上已经不见塞普丹珀的踪影。我一脚深一脚浅地沿着沙丘顶部找她。前方有什么东西闪了一下，一个轮廓，沙丘上的一栋建筑，由沙地里的长杆支撑着。一扇狭小的窗户，没装玻璃，和我平摊的巴掌一般大小，建筑的每一面上都有这样的窗户。

有人在里面，朝外看着我。我不知道那是谁，但那不是塞普丹珀。我蹲坐下来，让自己缩在地面上。狭小窗户中的光线让我不敢移动。侧门缓缓打开。我明白,无论门里出来的是谁,他都会解释在网球场发生的一切。

"你干吗呢?"塞普丹珀大喊。她倚着嵌在木质小屋中的门框,探出身来。她脖子上的望远镜冲着地面悬着。"你在外面干吗?进来呀。"

"不要。"我说道,看到她听到我拒绝后投来一瞥;这事儿还没完。

"这是间观鸟屋。我想我看到了一只风筝。或者是鹭。进来。"

"我以为我们要去海边。"我说道,"这是你说的,'我们去海边吧'。"

我艰难地伸直身体,远离观鸟屋,往海滩滑去。塞普丹珀在我身后大喊大叫,嘻嘻哈哈。坡很陡,我仰躺着向下,往长长的海滩和冰冷的浪潮滑去。退潮了,垃圾和残骸留在了海滩上。我撑起身,跑下了滑坡的最后一段路,塞普丹珀跟上我,咯咯地笑着。看不到观鸟屋让我更舒服些。塞普丹珀的两条手臂从我身后箍住我,我想她或许已经原谅我了。

我们沿着海滩上上下下地漫步。太阳偶尔会露面,在小小的石头上投下阴影,阳光照射在我们的肩膀上。但大部分时候,风大得很,沙子被扬起来,打在我们的小腿上,我们的头发被吹进嘴里,咸咸的。塞普丹珀躺下,我把她埋起来,依次埋好四肢,然后是她的躯干。她看上去像海洋生物,头发里都是沙子。

"有人来了。"她说道。我转头,朝风中探视。海滩的另一头有一个人影,费劲地扒着露出地表的岩石攀爬。一个穿着橘色厚夹克的人。

"我们走吗?"我问道,但塞普丹珀没听见,或者她见了但没回应。人影已经离得很近了,我能看清他的脸,分辨出他头发的颜色,跟他的外套一样亮眼。浪潮上来了。

"你好。"他不停喊道,直到他走近停下,"你好啊。"我想他操的应该是本地口音,跟我们差不多的年纪或者更小些,他双手直至手腕没在口袋里,嘴巴宽大。

"你好。"我说道。

塞普丹珀在我身后嘟哝一声,随后开始像海龟一样把自己扒拉出来。他散发出海盐和沐浴露的气味。他把双手伸出口袋,手臂前后摆动。他四肢修长,看着呆呆的,头皮上翘起一撮撮头发。

"你住在附近吗?"他问道,"我没见过你。"

我不知道要说什么。他有点奇怪。

"我们刚搬来。"塞普丹珀隔着我的肩膀说道。他微微一笑,弹了下舌头。"好吧,难怪我没见过你。你住哪?"

我指向海滩远处的房子,塞普丹珀说道:"在那。在安置房。"

"真的吗?"他说道。

"是啊。"她说道。

"我们今晚会开派对。"

"什么样的派对?"塞普丹珀说道,她凶巴巴的,没必要那么大声。

"海滩派对。没人会在这个季节来海边。我们会点篝火,喝啤酒。你也来参加吧。"

我等着塞普丹珀说话,但她沉默了。

"好的,"我慢慢说道,"也许会去。"

"好,"他说道,"好的。我们今晚会在这里。"

我看着他吃力地往上走,低头逆着风。我转过身,塞普丹珀正看着我,一边把手上的沙子搓掉,一边把头发里的沙子甩掉。

"我说说而已。"我说道,"我们不一定要去。"

"我们该去。走吧。我们得在你反悔前想想该穿什么。"

我们找到了妈妈还没整理的一箱酒,啜饮着一瓶旧酒。酒标上面写着"波特",但尝起来一股灰尘味。

"你有感觉吗?"我问道。

"没。"塞普丹珀耸耸肩道。

我觉得有点站不稳,但既然塞普丹珀不承认,那我也不会说。

我们列队上楼，把我们的连衣裙铺展开来。塞普丹珀举起双臂，扭动身体。我感到胸腔里迸发出一阵阵焦虑，我屏住呼吸，等待焦虑退去。塞普丹珀环住我的脖子。

"别担心，茱莱小虫，不会有事的。你可能会玩得很开心呢。我们放点音乐吧。"

但网络还是有问题，音乐断断续续的，先是吱吱呀呀，然后沉闷下去。我们关掉了音乐。

"穿这件。"塞普丹珀一边说道，一边拿起一条蕾丝高领裙，裙边还沾有意式肉酱。

"我不想穿。"

"穿上吧，你穿上就会喜欢的。"

我对她有一丝厌烦，但还是照做了。塞普丹珀穿着内衣裤，靠在床边倒立。我把脸贴在墙壁上，等待房子说话，听它说说对派对和红发男孩的看法，可是，即便它说了，我也听不到。

我们在厨房里找吃的，可只有之前剩下的辣椒和茶包袋。

"反正吃东西也算作弊。"塞普丹珀说道，"别吃了，可以醉得更彻底。"

所以我们大口喝下了好几杯水，直到胃从肋骨下鼓出来，汩汩地互相说着湿漉漉的、编造的词汇。

7

我们沿着小径走到海滩时，天已经黑了。这里的夜与牛津不同，没有成排的路灯，天空没有污染。天色黑黢黢的，我看不清前方几步开外行走的塞普丹珀。只能借着她的手感知，她张开手指，握住我的手。我等待观鸟木屋从海滩上出现，但我们这次换了条路线，看不到它了。这让我松了口气，但很快，恐惧轻而易举地吞没了这份放松。我们该回去了。我们当然得回去。海滩出现在我们的下方，一片篝火，人们的声音往上传来，海的声音喧闹而遥远，仿佛我们永远也到不了那里。人们围着篝火，从一边跳往另一边。我们不该去。可塞普丹珀却握紧我的手，拽着我们跑下小径。

我们没有直接加入人群，而是绕着他们走，在视线所不能及的黑暗中。

塞普丹珀将我们的鞋子举过她的头顶，冰凉的海水没过我们光着的脚踝。我感觉我的裙摆在水里下沉，于是把长长的裙尾搭在手臂上。有啤酒和烧火的气味。我能看到塞普丹珀的眼睛如同困兽般闪烁，她面向篝火和坐在火边的人群。我们缓慢靠近。六个人松松垮垮地围成一圈，跟我们一样大小的年纪，喝着罐装啤酒，互相聊天。有几个人的头发湿了，似乎在海里玩过。其中一个人看到了我们，扬起双手，挥动示意。

"你好啊。"他说道，其他人转头看向我们。

塞普丹珀推了我一把，我们向明亮处移动。他们正在烤一整块肉，肉的表面微焦，灰烬里塞了两个空罐子。他们烧的是浮木，盐分发出哒哒声。有个女孩扔了一罐啤酒，罐子打中了我的小腿，塞普丹珀在海滩上把它捡了起来，对准我的嘴。没办法，我只好喝了。篝火边有人激动地高喊，有人大笑。啤酒是温热的。

"你来啦。"我们之前碰到的男孩说道。或许是他那张嘴，抑或是他说话的方式。他的口音有些重，我愣了片刻才听懂。

"说好会来的。"塞普丹珀说道，然后坐到了篝火旁。我紧贴在她身后盘腿坐下。他们说了自己叫什么，但不一会儿我就忘得精光，除了他，他叫约翰。我报了自己的名字，之后像听到回声一样,听到塞普丹珀说了她自己的名字。其中一个女孩——她的鼻子里有银色金属——问我们为什么搬来这里。

"为什么不呢?"塞普丹珀说道,然后,在寂静中,边上的人开始聊别的东西。他们聊起自己认识的人,学校里发生的事。有人又给我递了一罐啤酒,但我已经不记得之前已经喝完一罐。另一个男孩讲起了笑话,但没人觉得好笑,而约翰则轻声跟我聊天,声音弱不可闻。我想的是:塞普丹珀,塞普丹珀,塞普丹珀,随后发现她依然坐在我边上,她不喝酒,光盯着篝火看。约翰在我的另一边。我感到他靠近了些,他的手臂碰到了我的手臂。我想的是:我要做什么?我能感到电流正缓缓从他身上传来。我想,在那一刻,他肯定感应到了我的想法,正如我有时能感应到塞普丹珀的一样,通过皮肤,仿佛接通了电缆。

别人给我什么,我就吃什么:一块烤焦的肉,可能是鸡肉;一瓶苹果酒,我尝了尝,然后把它放到一边,留给塞普丹珀,她也喝了。他们又问了几个问题:我们以前住哪?我们上哪所学校?塞普丹珀答:"我们以前住牛津。我们不打算上学。"

"不上学?"其他几个男孩问道,"为什么啊?"

"因为我们不想。"她说道,朝他们笑笑,"因为我们不做自己不情愿的事。"

旁人无言以对,但一个女孩向我们举起她的啤酒。

约翰在说什么,我转过头去想听清楚。他的语速太快了,我跟不上,无法集中注意力听他说的故事。我的脑袋和双手能感到啤酒、苹果酒和波特酒正在起作用，我把手举至眼前，确认它们没有发抖。塞普丹珀在我边上安静了下来。约翰把脸凑近我的脸，有那么一刻，我感觉到他的嘴在我的脸颊上；我快受不了了。我退后，看着他。再来一次，我心想。再来一次。但我没有说话。

我们喝个不停。我一直在看，确认塞普丹珀还在身边，她对我微笑，抚摸我的脸和头发，握住我的手往啤酒、甜苹果酒上引。他人的对话像一条绕着我们流淌的河，我们偶尔能抓到意思含糊宽泛的词组，抑或并非针对我们而是朝我们这个方向抛出的问题。我发现自己在说话，也会四处张望，看到塞普丹珀代表我们俩发话。她时而尖锐刻薄，只有在我身边时——偶尔也在妈妈面前——她才会这样，又时而对他们，对这些陌生人缓下来，我听到她在聊妈妈是做什么的，还有我们对什么感兴趣。而且，透过篝火，我看到他们贴近她，听她说话时点点头或笑着表示同意，他们继续向她提问或说些别的来试探她，获得她的认可。我醉了。是的。那时我想的是，有太多次我都这么想过，她是我一心想要成为的那个人。我是一个从宇宙中抠出来的轮廓，不断衰变的星星是我的色彩——而她这个生物则将填补我在世间留下的空缺。我记得我们几年前作出的承诺，为了不忘记，我们把它写了下来，我们双手交握置于纸上，握紧，再握紧。

我发现自己到了水边。我醉了，塞普丹珀把裙子拉到了自己的头上,她的身体仿佛昏暗中的灯塔闪现。冰凉的海水打在我的小腿上。我的裙摆浸湿了,贴在我的皮肤上。更远处的海沫里还有几个人影,他们仰面压到浪尖上。有个男孩赤身裸体,我看到他的阴茎贴着大腿,在他跳跃时露出水面。

在还未看到之前,我便已感觉到了变化。我的手指感到刺痛,不知为何我在哭。我往后退一步。我喊了声塞普丹珀,我觉得我听到了回应,但不确定。那声回应似乎在很远的地方,遥不可及。有人在抚摸我,但我看不见他们的手或脸。我向篝火看去,那里空无一人。约翰不在人群中。我沿着海滩走,醉得感觉自己有数不清的上下肢,数万根脚趾。我叫塞普丹珀的名字,有人大笑。有人握着我的手腕。接着我看到了她,在篝火边的她被照亮了。她正往别处走。她又穿上了裙子,它贴在她身上。有人和她在一起。是约翰。火焰跃动,变化,有那么一刻塞普丹珀和她身边人的影子犹如硕大的怪物。我退回至火焰边。我冻得感觉不到自己的手脚;手指从指间到关节都是麻木的。我想握紧双手,但手里仿佛抓满了东西而握不拢。在惊愕的一瞬间,我被连根拔起,无家可归。我能感到塞普丹珀的手指在我的手中,两个人的心跳在我的胸腔中像雷达的光点般跳动,第二根舌头充塞了我的嘴,让我无法呼吸。我躺在海滩上。世界变慢了,仿佛它开始下沉。一阵憋闷,接着我的胯部感受到压力,突然的、惊人的、很快的一下,说不上痛。塞普丹珀所在之处尽是冰凉。有东西正在离我而去。我感觉它在渐渐消失，慢慢慢慢不见。疼痛随之而来，我咬住舌头，尝到了咸咸的铁锈味。疼痛让我觉得或许我同塞普丹珀和约翰在一起，蜷缩在她体内，警觉地感受正在发生的事。有东西正在离开我，我猛地意识到是我的第一次。慢慢慢慢不见。以一种间接的方式被取走。塞普丹珀在做爱——由于我们俩实为一体——我也在做爱。我闭上眼，攒拳握沙。

第二部分

|安置房|

起初,安置房所在的地方只有土壤。强健的树木扛过了海风,浸润在含盐的泥土中,生机盎然。绵羊在山丘上吃草,生下羊羔,死去,用自己的身躯滋养大地。小村落,牧羊人的棚舍,渔夫的小屋,旅人的大篷车,鲈鱼和濑鱼的腥臭味,银鳕和牙鳕平摊着晾干。田鼠越过篱笆柱,想要拯救田野。夹嘴锋利的捕兔夹。鲸鱼搁浅在石头上,被自然环境蹂躏。人们一如既往,生活,生活,生活,流血,死亡。

这时候,安置房已经建好,但还没有名字。房子周围的一切都躁动不安,发出吠叫。最近的一个村子的村民看着房子一点点建起,看着屋架嘎吱松动,差点儿就倒了,但还坚持竖立着。沙地就是那样侵蚀房子的。但房子没倒,人们在房子里进进出出。

塞普丹珀和茱莱的父亲彼得在这栋房子里获得了生命。墙面震颤着，没有回避。受精的过程很快。在昏暗的子宫里，有个东西闪烁起小小的、微弱的生命火花。彼得的父母收拾行李，回到了丹麦。房子再次变得孤零零的。老鼠在地板下面像兔子一样疯狂繁殖，鸟类在屋顶筑巢交配，一只獾在远处的墙下挖了洞，但又舍弃了这地方，因为它找到了更好的洞穴。一家人会回到这里度假。三明治里沙子比面包多，一群人哆哆嗦嗦地往糟糕的海里赶。彼得的生日礼物是一副望远镜，他在房子的窗边观鸟。乌尔萨在这栋房子里获得了生命。彼得心想：我不想要一个妹妹。当地的村民心想：他们很快就会把房子卖了走人。房子不乏漏水的地方，下水道堵塞，门也吱吱呀呀。彼得有时会把婴儿带到海边，把她扔在海滩上，看着海水涌来。

时间不遵循自己的轨迹，扭动着跳出界外。每个人在同一时刻生存，死亡。房子已竖立有近五十个年头，地基才刚打下，土地贫瘠，连菜都种不了。海滩上有鲸鱼。

彼得心想：这粪坑一样的地方能卖什么价钱？

乌尔萨心想：我再也不来了。

希拉心想：我再也不来了。

塞普丹珀心想：我希望茱莱会——

茱莱心想：我不要——

飞蛾的蛹越结越厚，蜘蛛待在它们的冬窝里。地基下面有小动物的白骨。花园里长了荨麻，它们的根系在土里如迷宫一样盘根错节。乌尔萨和哥哥在房子里打架，在厨房的料理台下方掉了一枚手指甲，她的牙齿血淋淋的。希拉在房子里梦到了她未出生的孩子，把她们视作墙上小小的煤灰印子。人去楼空时——这里通常没人——村民有时会打破窗户，在低矮的卧室里喝酒，把啤酒罐扔进壁炉里，在床上造他们自己的孩子，在墙壁的高处留下他们的脚印。彼得是个拿望远镜对准大海的孩子，想要寻找正在下沉的船只。希拉在静止的卧室中分娩，整栋房子在她四周一动不动，孩子似的定睛瞧着。希拉和彼得正在卫生间里做爱，水把地板打湿了，希拉的手指在他的嘴里弯曲。彼得和乌尔萨的父母正在卧室里做爱，羽绒被拉过二人的头顶，透进来的灯光是红色的。希拉和彼得正在厨房吵架，一只玻璃杯砸到墙上，向外炸裂，他们闭上眼睛，玻璃杯在碎裂前的那一刻被接住。房子使劲地想看塞普丹珀和茱莱所在的海滩，她们正半截身子浸在海里，脸上映着篝火。

|希拉|

1

她一直知道,房屋就是身体,而她的身体和其他人比起来更像房屋。她收容了两个美丽的女儿,不是吗?她收容了抑郁症,在她的一生中,抑郁症像个矮小笨重的孩子;她收容了兴奋、爱恋和绝望,并且在安置房里,她收容了一种惴惴不安,怎么也甩不掉它,这种精疲力竭的感觉扼杀着她的每一天。

嘈杂声太纷乱了,她睡不着。夜里,多数时候响起的有砰砰声、轰隆声,无数的脚步声,窗户开合的哗啦声,尖叫似的突然的爆裂声。她有时会冲出去,半梦半醒,但外边只有她一人。有时候,黑暗中醒来的她再次想到房子,它不是别的什么东西,而是一具身体。她记得她刚来到这里时也是这么觉得的,当时她怀着塞普丹珀——"不精致的大肚婆。"彼得说道,指着街上的另一个女人,但从背后看去她根本不像孕妇——几乎无时无刻不会察觉到细微的变化。比如温度,房子里的气味,空气在房间里流通的方式。她孕期八个月时,或许不止八个月,他们搬到了这里。她很容易感到燥热,对食物的好恶每天都在变化,有时还毫无缘由地受不了待在房间里。塞普丹珀的预产期到了,晚了几天,她已经相信这栋房子和她一样,在不断转换,变化,它肉身臃肿,有时从墙壁处膨胀,水肿起来,有时体温高得让她的眼睛里汇满汗水。

她跟彼得家的人没有来往,除了乌尔萨,但即便在那时也不怎么联系。两个女孩生日时会收到乌尔萨的祝福卡片,她们会挑二人住处的中间地带,找一家昏暗的街边酒吧午餐,但这并不关乎爱。不过是家人间的例行公事。希拉知道,乌尔萨——尽管她很礼貌,说不出口——有点把彼得的死怪罪于她,因为孩子还是婴儿时,她便带着她们离开了,因为她没有坚持下去。孩子还没出生前的三年里,他们有时会一起度假,他们三人,在威尔士或苏格兰住便宜的农舍。彼得带着望远镜外出时,她们会坐在农舍外的餐桌边,乌尔萨有时会跟她说他们儿时的事;他们相处的绝大部分时间都伴随暴力。但只要等到他回来,她便围着他转,给他做吃的,送他礼物,努力争取他的认可,希拉忧心地发现自己也有这么做的苗头。他像个黑洞,被他吸住的任何东西都活不长久。他们在一起五年的时间里，每一年——尤其在两个孩子出生后——她都想：今年，是时候离开了，今年一定。

他去世后一年，夜里来了一通电话，乌尔萨颤抖的声音在静电中起伏。"我一直不知道该怎么说，很抱歉，他死了，就是这样。"希拉没有怪她拖了那么久才打来。她明白对彼得又爱又恨是什么样的感受。

学校的事情发生后，她打电话联系了乌尔萨。她在约克郡有一栋农舍。希拉在农舍里生下了塞普丹珀；孩子们还小时，她们有一年过得特别糟，那时候也去农舍待过。希拉告诉她自己需要什么，她毫无犹豫地说"来吧"，然后打电话通知租客。

夜里的脚步声，她确信她关上了的却又敞开的房门，她明明已经关掉却总是开着的锅炉，连邮件都发不出去的极慢的网速。她在反抗自己，拒绝有意义的生活，而这栋房子也在做同样的事，像一台老旧的电脑般死机了。

一天夜里传来砰的一声，似乎有人掉了下来。她的双脚被睡袍腰带缠住，她险些摔了一跤；她抓起床头柜上的玻璃杯，以防万一。她往楼梯下瞄，客厅里有一盏灯亮了。她在漆黑的暗处转动脑袋，找人。什么都没有，没人闯进来要杀了她们。仿佛一列火车驶过，空气产生了折痕，她确定是彼得。他回来了，或者说一直都在。接着，房间似乎变轻了，她知道自己累了，在哀痛已逝的东西。她关上灯，爬上楼梯，摔到床上。

当她们还很小时。她的两个女儿。一个在追着另一个跑。早些年，茱莱刚出生，塞普丹珀还不到一岁，她们的父亲刚失踪一个多星期。他们在牛津住了一阵的房子，多数时候人在床上，母乳和用来喝花草茶的旧茶杯的气味，她念给塞普丹珀听的画册，枕在她臂弯里的茱莱。她身上从来没有过那么多只手，感觉她的皮肤像薄薄的面料快要磨破。她对她们的爱感觉像提着几只购物袋爬坡，有时她确信她们想要她的地基，她们想敲碎她身体的砖块，重新爬回去。

更久以前，在安置房，塞普丹珀刚出生，彼得像一艘在夜色中着火的船，燃烧着航行，把其他船只都裹挟下水。他的手指环住她的手腕，他说着她听不懂但他一直使用的语言。她告诉过他，他必须走，而这一次，她双拳击中他的脸，再次表态。他离开后，她把钥匙藏到了抽屉深处或床垫下或她睡衣的口袋里。有时候，她在夜里会被他想要进屋的动静吵醒，他没有大叫，而是悄悄地绕着屋外走，想找入口。之后——当他想进到牛津的房子里来时——她会横躺在房间的门槛处，像头母狼一般，听着她们做同一个梦，说梦话。如果可以的话，她会梦到什么呢？她爱过他的那些日子，他双手的形状，两个女儿在她体内时形成的压力，她有时自问是否不该生下她们。到头来，仅仅有爱是不够的，不是那种爱。

茱莱还没出生时，她会推着婴儿车里的塞普丹珀去大学公园，塞普丹珀则会把头靠在希拉的孕肚前，嘟嘟哝哝。
"什么意思？你在说什么呢？"
塞普丹珀会笑笑，拍拍希拉。
"你妹妹在里面呢。"
她露出大大的牙缝微笑。
她们之后会是什么样，她一丁点儿都没猜到。在室外花园，她们穿着白色连衣裙，裙子是她们在慈善商店求她买的，她们的膝盖上糊着烂泥，脸贴着脸。她们看上去总是在传递某个巨大的秘密，某个只有她们知道的真相。她经过她们身边时，二人会露出一种眼神，陷入一种她难以打破的沉默。她想和她们亲近，但说的话却无聊平淡。她的骨肉。学校的老师这么评价她们：孤僻，漠然，形影不离，比同龄人看上去更小，有时会做出很残忍的事。她批评她们时，塞普丹珀和茱莱的脸，她们给彼此使的眼色。她们试过把一个男孩的宠物仓鼠冲下马桶，她们跟一个孩子说对方的父母正在离婚，跟另一个孩子说圣诞老人不存在。

她们吃饭时的样子。塞普丹珀总是很挑食，不吃任何绿色、红色或黄色的食物，总是能察觉希拉把蔬菜打成泥或混在其他东西里，不停尖叫，菜被端走才罢休。茱莱却不一样，是个贪吃鬼，最喜欢啃胡萝卜条或葡萄，吃成小花脸，露出齿龈笑。她常会撞见塞普丹珀对着还是婴儿的茱莱说悄悄话，又或把满满一盘蔬菜从她手边推开。茱莱也开始挑食了。待塞普丹珀五岁、茱莱四岁时，她们挑剔得古怪，似乎没有任何逻辑或次序；这个星期只吃煎饼，下个星期只吃萨摩蜜橘和削皮切丁的苹果。有个星期她们特别顽固，她费了一番工夫，规定她们其他任何东西都能吃，但就是不能吃娃娃软糖。医生说她们就是犟，如果其中一人屈服了，另一个也会屈服；她觉得医生说得对。茱莱受到的影响比她的姐姐大，她对家以外的食物疑虑重重，面色变得苍白，头发也变得稀疏。塞普丹珀是带头的，但茱莱则是真正受罪的。她们之后有所好转，但大多数时候仍旧喜欢奶酪三明治——有时候，但很少见，能吃夹了洋葱或蛋黄酱的——面包的四边切掉，切成适合一口吞的小三角。

她们看上去太小了。十、十一岁时，她们看上去顶多六岁，说着绕口的幼稚话，她给她们编麻花辫时，她们坚持要把丝带也编进去。等长到青少年时，她们和学校同龄人的差异更明显了；聪明但发育不良、天真、开心的小孩子。她常常想，她们是否将彼此融进了自己的童年，四臂相拥，紧紧抱住。

过了万圣节，塞普丹珀就十三岁了。二人都突然抽条，四肢甩来甩去，牙齿乱糟糟的，在厨房桌边劈南瓜。她开始跟她们分开备餐，每两周一次。她带其中一人外出吃面或看电影，剩下的另一人则待在家里。这让塞普丹珀气得不行,她一句话都不肯说,闷头剁她自己的食物;但茱莱可能很喜欢这么安排,因为她能有机会聊聊学校的事或她正在看的书,不会有塞普丹珀在一旁插嘴。她们不曾庆祝过万圣节,但因为两个女孩迷上了恐怖电影,她们已经为节日该怎么过计划好几个月了。房子里四处点缀着悬在空中的蜘蛛和假蜘蛛网,一桶桶柔软多汁的眼球。她在走廊上被一把便宜的塑料扫帚绊了一跤。她们在厨房,头戴女巫帽,墙上溅满了南瓜。

"要不我跟你们一起?"她说道,时间是六点半,她们开始点亮南瓜里的蜡烛,穿上道具服。

"还是不要了。"塞普丹珀说道。茱莱面露难色。希拉后悔她刚才的多嘴,她早该知道的。前天晚上塞普丹珀走到她身后,双臂箍住她的腰,用力抱紧,她五岁后就再没这么做过了。她感到欣慰,以为自己可以跨过在彼此之间小心翼翼设下的种种边界。

"得有人,"茱莱——永远的和事佬——说道,"待在家里发糖果。"

七点,她们出门玩"不给糖就捣蛋",她也悄悄出门,隔着一段安全距离跟在她们身后。她在灌木篱笆后踱步,看着她们去到一户户门前,茱莱的脑袋往塞普丹珀的方向倾斜,在听对方说话。她们扮成了《闪灵》里的双胞胎姐妹,脸上扑了面粉,还把她们的头发烫鬈了;但她们不可能拥有同样的相貌——茱莱太像她，塞普丹珀太像她的父亲——但她们动起来时有种令人不安的感觉，仿佛一对未完成的双生儿，会同时转过头来。外边的孩子不多，就那么几个，她看着茱莱和塞普丹珀设计战术，往年纪更小的孩子的提桶里窥探，看看有没有好东西。天色渐暗，她因此可以跟紧些，有时还能听到她们对彼此说的话，以及茱莱捧着到处走的色拉碗里糖果的碰撞声。她迫不及待地想走到路灯下的一片光中，和她们同行，但她还是保持距离，一心一意地尾随，在她们敲门、拿到想要的东西后笑嘻嘻地出门的这段时间里停下等待。她们沿着长长的走道往一户人家里去，她靠着墙，呆呆地望着锁在街边的自行车，听着公共汽车的咔咔声。等她回头时，她们不见了。她加快脚步，可找不到她们。她在一根路灯柱下面找到了她们盛糖果的碗，放在地上。她慌了，接着，四处跑着问路过的行人，心想是否该报警，但她没有，而是跑回家看一眼。她一间间房地喊过来。转身，看到塞普丹珀站在大门敞开的廊道上，一个人，她的脸已擦干净，等着她回来。

茱莱不见了，她心想，我不该往别处看的，我就知道会这样。

"哪里——"她刚开口，茱莱便出现了，笑眯眯地说她们所有的糖果都丢了，"没关系。"

"没关系。"她说道，一边向她，向她们俩伸手。

之后——她很讨厌自己这么想——她想事情是不是塞普丹

珀一手策划的。那个出生以来就一直和她作对的奇妙的问题儿童，不愿吃东西，不喝她的母乳，厌恶她买给她的任何玩具，这个孩子准确地知道该如何折磨她，同时显得毫不费力。她究竟知不知道她在跟踪，是否计划了所有的一切，让希拉找到地上的盛着糖果的碗，让希拉看到她先出现在门口，从而让希拉怀疑茱莱出事了？

塞普丹珀可以让她的妹妹做任何事。她一直有这种能力。塞普丹珀和茱莱相处的方式让她想到彼得和她在一起的时候：他为了拥有战术优势而拒绝表达爱意，在温柔的层层关怀下隐藏着控制欲。不一样，她再三思考，塞普丹珀和那个男人不一样。但有时候，她还是会怀疑。

在某些时刻、特定的年纪里，她们俩的关系似乎和缓下来——随之而来——她们自身也变得柔和起来，塞普丹珀不再尖锐，茱莱不再焦虑性躁狂。希拉认为，或许这是因为她们年龄略有差别所致。塞普丹珀掉了第一颗牙而茱莱没有的时候；塞普丹珀开始来月经而茱莱晚两个月才来的时候；塞普丹珀学会新的单词而茱莱还无法开口说话的时候。那些时候真好。她厌恶自己这么想，但她喜欢她们并非密不可分的状态，那样她才有更多介入的空间。茱莱会在晚餐后到厨房找她聊天，塞普丹珀有时会在她创作画册时把内容念出来，给她递笔记。她一再考虑把她们送到不同的学校去，强制维持一种规则体系，找一个愿意给她们分开看诊的治疗师,但她总是不忍心这么做。她们彼此亲近时的快乐无拘无束,给予对方棉絮似的保护。她没有兄弟姐妹,看着她们俩,她羡慕至极。

她第一次画她们的时候,二人还很小。此前她虽然创作过几部绘本,但反响寥寥。一周五天,有时六天,她在布莱克韦尔书店做收银,空闲时间她努力寻找能让自己停下的创作灵感。没有桌子,她只好在床上创作,把画得不好的作品藏到床垫底下。

女儿们则一直在楼下玩,不吵不闹,持续的时间比以往都长。她穿上拖鞋,趿拉着下楼看她们。她们用沙发靠垫做了一个窝,外套垂挂在椅背上。茱莱在里面,悄声说着类似咒语的东西,塞普丹珀则坐在沙发上,双臂高举。

"我有一个手电筒。"她对着走过来的希拉说道,"然后,这是一条绳。对吗?"

"对。"希拉说完,转身上楼,把她们画了下来。沙发是一片悬崖,堡垒是一个洞穴,她们就在那里——画笔和纸张呈现了这个画面,留住了这一刻。

十五六岁时,她们更加亲密了。塞普丹珀代她的妹妹回答每个问题,盘子里的食物都会精确地分好,共享,头挨着头共用一个枕头。她曾担心情况会恶化,会失控,塞普丹珀会被愤怒冲昏头脑。的确发生了这样的事，不是吗？所有的一切积累，积累，积累，然后失控。白日将尽时，电话在屋中不停作响，她快步走去，在接起的那一刻稍作迟疑，接着倒吸一口凉气。

2

她们第一次来到这房子的时候,塞普丹珀刚刚十一岁,茱莱十岁。一年后,塞普丹珀坚持——尽管希拉不同意——把二人的生日并到同一天,也就是九月五日,两份蛋糕、两份礼物,把缎带编进辫子里。

整整一年,她无法创作,起床都困难。她去看医生,医生给她开的药让她感觉腰以下的半截身子都陷在沼泽中。她不想吃药吃坏身体,但也没有其他想做的事。她把药停了,取消了先前预约的治疗,打电话给乌尔萨问房子是否空着,打包行李上车。塞普丹珀在车程前半段不停踢她的椅背,要求她不断更换电台。在希拉看来，去那栋房子是一种放松，一切都会淡去，四面白墙是一种清净，卧室是柔软，宽容的。她无法信任自己的血肉，但房子会把她们裹起来，以一种她再也无法做到的方式保护她们三人。

起初的几天很好，她很高兴她们来到这里。天空明媚，她们几乎都在室外，在海滩上或海里，躺在毯子上，吃着三明治。海水很凉，阳光炽热，她能感到自己被晒伤以及塞普丹珀拉扯她头发的疼痛；她们发现了一头死了的海狮，她感到难过，而当茱莱跌倒，差点儿脸朝下栽进岩石间的潮水洼时，她又笑出声来。茱莱会蜷缩在她的双膝上睡觉。塞普丹珀和她聊她在海上看到的海鸟。

但有一天，暴风雨来袭，她被雨声吵醒，困在房子里。卫生间的镜子里，她的脸看上去像是披着她人皮的替身。女儿们的声音让她受不了，不知为何，她们说的一切都具有伤害性。墙壁看上去那么迫近，快要把她卷进去。

一个糟糕透顶的星期五——她习惯在日历上查看日期——一切都不顺心。她在厨房摔碎了一只马克杯，绝望填满她的体内的每一处空洞。她记得在美好、悠长的一天结束后放松，随后被烦扰，激怒，兴奋又力竭的感觉，但现在，她只感到恐惧。恐—惧。这个词在她的眼球后方逐字显现。房子某处传来一个声音，噼啪一下，接着是一声短促的尖叫，立刻被捂住了。茱莱的脸和手上都是血，红色的，衬着骇人的苍白脸色，像一道警铃。她问她们，却只得到塞普丹珀抿成一线的嘴和下垂的双眼，茱莱吓坏了，被迫沉默。发生什么了？怎么会这样？她们在想什么？伤口很浅，但血流得很夸张。她给茱莱包扎好，带她们去卧室，给她们倒水，坐在边上看着她们，直到塞普丹珀拉下脸。于是她躺回自己的床上，但把房门开着，听着她们动来动去，仿佛没事似的大笑。这一天天的。这一天天的怎么活啊？她受不了。她们可以自顾自玩很长时间，不会想到她，也不会意识到她们没人照顾。她在门口穿上鞋和外套，拿走墙上挂钩上的车钥匙。

　　汽车在上坡路上卡了几次，但她放慢速度开了上去，打开雨刮器。她记得她曾和彼得光顾过一家酒吧，多年前的事了。她凭直觉开着。开到那里时，停车场几乎全满，她把车停上了路沿。

　　酒吧生意很好，但她不容自己迟疑地进去了。里面有一支乐队，几个五十多岁的男人正表演翻唱歌曲，有一大家子带着孩子的，也有两桌青少年在喝烈酒。她点了一杯啤酒，找到一处安静的角落。迅速地连灌三杯。她身边也有像她这样喝酒的人：刻意买醉。屋子中央有几条狗在吠叫，打架，它们冲回主人身边，又冲出去混战。孩子们也加入战局，大声喊叫，被咬了就大笑着撒腿满场乱跑。她点了薯片，蘸番茄酱吃。乐队表演的曲速加快，歌词含混在一起，听不清楚。有人撞到了她的椅子，她洒了半杯啤酒。他给她再点一杯，笑着道歉时，她在审视他。她能感到腹部深处和胸腔中的恐惧；感觉快要屈服。他双手苍老，发际线后退，还有敦实的小啤酒肚，但他的嘴唇饱满，肉感。他问了她几个问题，她也回答了所有他想知道的。他的话，啤酒的味道，她身上的衣服和房子里的孩子都让她精疲力竭。他的手贴住她的手臂。

"再来一杯？"

"换个地方。"她说道。

他们各自开车，他的车灯在颠簸的路上让她睁不开眼。她在咳嗽，打开车窗，想吹冷风清醒清醒。他们在屋外停好车。她抬起一根手指抵住自己的嘴唇，接着他们像少年一样蹑手蹑脚地上楼，贴着墙壁翻滚，用手捂住对方的嘴，不让对方出声。她在女儿们的房间外停下，仔细听。很安静，她们正睡觉呢。

卧室里，他们费了一番工夫才搞明白怎么取悦对方，醉成这样应该怎么做。或许他也很久没有过伴了。即便在走过了那么长的伤心路后，她依然能感到自己的欲望。她的脑袋里一直在放一首歌，一些词在她的思绪中发出爆破音，让她难以承受。她一直在想让人提不起性趣的东西：预约看诊，在同一间房间里分娩，救护车车灯打在墙上的颜色，切西葫芦，忘记晾出去的衣服散发的气味。

他吸吮着她的乳头，但乳头敏感，她觉得疼，于是把他往下推。他配合往下，而她看着他陌生的头颅，它正在外阴处，寻找阴蒂，然后他找到了，她立刻觉得快来了。高潮很棒，也很糟，一阵紧张。在那之后，她不想再做了，所以平躺着。他抚摸他的乳头，她用手套着他上上下下，直至看到他的瞳孔扩张。他快高潮时，她觉得自己听到了一个声响，于是她请他离开，看着他穿上衣服，走了。

第二天早上，昨晚的那个声响或许并不存在。孩子们在花园里，挂在晾衣绳上。她张开双臂，茱莱跑了过来，头发打着旋，撞进她怀里。她抱住她。茱莱的身后，塞普丹珀正专注地观察她们，一只鞋滚到了泥地里。希拉闭上眼，将她隔绝在外。

| 茱莱 |

1

"那晚过后。"塞普丹珀说道,一边为我碾碎扑热息痛片,把药粉溶到牛奶里,打开一个黄桃罐头,还给我放洗澡水。

"我不记得我们什么时候回的家。"我边说边拽自己的连衣裙,看着沙子从衬里落到沙发上。

"我背的你,你简直有一吨重。"塞普丹珀说道。

卫生间里,她把我的裙子拉过我的头顶。它闻起来有海带和鲜血的气味。她在搅动洗澡水时,我看了看衬里,上面有一抹锈红。对,是的,我记得他那时的双手,在我身上,又并不真的在我身上,他的嘴也在那里,又并不真的在那里。卫生间地板把我的膝盖硌疼了，马桶里的呕吐物是苹果酒和烤肉的颜色。塞普丹珀拉起我脸上的头发，用手掌抹去我额头上的汗。

"你有淤青。"她凑近我的脸说道，倾身向前。

"什么？"

她往下戳我的胸口，痛得我又是一阵恶心，头胀得有十倍大。我低头，看到了一块块淤青，是新鲜的、泛红的印记，大片大片的。她戳了我的另一块淤青，我痛叫出声，把她拍开。

"是手指印。"我看着上下颠倒的印记形状说道。她两手从我的腋窝处撑起，说："你肯定是撞到什么了，你这个酒鬼。进去吧。"

浴缸里的水很烫，很舒服，我整个人浸下去，只剩耳朵、嘴巴和鼻子露在外面。塞普丹珀坐在马桶上，快速地朝我打手势，我看不懂。水泛红色——和那天泳池中的一样——我感到疼痛，在深处，在我的腹部。

"我能感觉到它。"我说道。

"什么意思？"塞普丹珀用牙撕扯她的指甲。

"我感觉到它正在进行。"

她把双腿抬到马桶上。"好吧。"

"它也在我身上发生了。"我说道，"间接地。感觉我的双手和嘴巴都是充盈的，然后有点痛。你有这感觉吗？"

感到事关重大，但她似乎不为所动。

"可能有吧。"她说道。

"像魔法。"我说道,"我们一起失去了第一次。像魔法。"

我浸入水中,水漫过我的脸,我努力回想当时究竟是什么感觉,他的舌头在我的嘴里,裸露的小腿上寒凉的空气。我还记得,他在篝火边靠近我的方式,他的肩膀触碰到我的,他的嘴贴住我的脸颊。他想要我。对吗?是的,他想要我,随后塞普丹珀把连衣裙脱过头顶,拉着他到一边去。

"你明知道我喜欢他,但你还是和他做爱了。"

我自觉没有把话说出口,但她转过来瞪着我,像蜥蜴一样拉着脸,面无表情,举起双手。她耸耸肩。

"你反正不会采取任何行动。我这是帮你。"

我后悔自己开口了,真希望可以把那些话咽回嘴里。她在生我的气,我不确定她会怎么发泄怒火。

"你可以给他发张照片。"她说道,恶毒的话语像石头一样砸中我的身体。

我的宿醉更严重了,沉重地压在我的头顶上。塞普丹珀说我的皮肤又黏又凉,于是把羽绒被拖下楼,在沙发上裹住我,还给我拿热水喝。我依然在想海滩上发生了什么,有时通过塞普丹珀的眼睛,有时也通过我自己的眼睛去回望,湿透的连衣裙和粗糙的沙砾。我打起瞌睡,时而清醒时而糊涂,我的嘴像沙滩一样干燥,眼皮仿佛被胶水粘了起来。当我睁开眼,看到塞普丹珀,她站在我上方,观察着我,她的嘴里满是牙齿,她的眼里满是沙发上的我的映象。

过了一会，我双手从水龙头接水，大口喝着，羽绒被拖在我的身后。塞普丹珀不在沙发上，也不在卫生间、食品储藏室或厨房里。我上楼找她。不在我们的卧室，也不在通风隔间里。

我把头靠在妈妈的房门上。寂静。我不敢，但塞普丹珀敢，所以我还是做了。我把手放到门把上，慢慢转动，往里推门，侧身溜了进去。房间有股霉味，地板上堆满了脏污的盘子和马克杯，到处都是玻璃水杯。妈妈在床上，羽绒被几乎盖过她的头顶，背对着我。我看着她的肋骨起伏。我想到她会在晚上下楼，这样她就不会见到我们，她连灯都不开就这么在屋里走来走去，冰箱灯照亮了她疲惫的脸。

房间一角有张书桌。我走过去，抓住椅背，站着俯视铺开的画作。她绘本中的其他画作色彩明亮，描绘的是室外风光，在悬崖上或森林中，我们俩沿着墙头跑或伛偻着在昏暗的洞穴中走动。但这几幅画不一样。画的都是安置房。有几张从不同的角度画客厅：塞普丹珀蜷缩在沙发上熟睡，站在电视机前，又或是她在编自己的头发；一张画里，她在换食品储藏室里的灯泡。画中的房间看上去狭小，阴暗。我把两张画移到一边。塞普丹珀在料理台上从大块的奶酪上切下薄片；她把箱子搬上楼，阅读，又或是移动冰箱上的磁吸字母。塞普丹珀在食品储藏室门外偷瞄，从上铺爬梯子下来。我把每张画又看了一遍。没有一张是我。一张画从画纸堆里滑出来，落到地上，我弯腰捡了起来。那是卫生间，塞普丹珀坐在浴缸里，头发湿答答的，下巴靠在弯曲的膝盖上。这张画有些特别。我把它拿到眼前，光线昏暗。镜中有一道银色，可能是一只手的轮廓，它正从镜像中探出。

妈妈坐了起来。我僵住不动。她用手揉揉眼睛，头发乱糟糟的。我溜到了门边。

"塞普丹珀？"她说道。

我半个身子都在外边。如果她转过头来，就会看到是我。我几乎就要走到她那儿去。如果她叫的是我的名字，我会过去的。她半睡半醒，或许是在做梦。我的手按住门把手，转动。

我下楼后，塞普丹珀从沙发上坐起来，四肢如树枝般修长，面部宽阔，她的骨头所占的比例比我记忆中的更大。她给我切了几片厚片面包，我想分给她些，可她却皱起鼻子。她打开电视，脑袋悬在沙发边上，倒挂着看。我想告诉她那些画作的事，但又不情愿。在妈妈的书中，塞普丹珀一直是刚烈的性格。十岁时，我被一个牛头人身怪绑架，塞普丹珀把我从迷宫里救了出来。十二岁时，我掉进蓄水池，塞普丹珀想办法在水位上升至顶部前把我捞了出来。十四岁时，我把一本古书里的指令念错了，塞普丹珀阻止了世界末日到来。我总是在画里，即便是个边缘人物。

她把望远镜找了出来，挂在脖子上到处走，时不时拿起来对着镜片看。

"我们走吧。"她说道,"我好无聊。无聊爆了。"

"去哪里?"我能听到自己声音里的一丝怨气。

"不知道。去海滩吧。"

她露出了那种眼色,我不敢说我不想去。我们穿上靴子。走出凉爽的房子,滚烫的空气扑到我们毫无遮挡的脸上。阳光炽热得不见云影,大地龟裂,草地枯黄。

塞普丹珀拉着我加快速度。我们沿着前天的同一条小径走向海滩。我知道我会看见它,然后真的就看见了。观鸟屋在我们前方,它的下方投下一片阴影,一些地方长出的草几乎一路蔓延至狭小的窗户。一扇扇窗仿佛鼓起的嘴,围住了建筑的四面。

我能听到自己在呜咽,但塞普丹珀仍旧用力抓着我的手。观鸟屋是我唯一能看到的东西;它遮挡了地平线。我想象观鸟屋里面会是什么样的,墙壁向里收拢,气味潮湿,屋顶有雨声,即便并没有下雨。

"我以为我们要去海滩。"我说。

"别扫兴。"

观鸟屋的阴影落在我们身上。我感到后背和颈部的皮肤收紧了,仿佛被人用手指捏住。塞普丹珀一手环住我的腰,托着我向前,我的双脚在地上打滑。台阶被绿植覆盖;我们被绊倒了。

"快进去,快进去。"

门口有一块我此前未见过的牌子:观鸟屋已停止使用,不得擅自进入。我的胃绞了起来。塞普丹珀猛地冲进屋里。地板上有时代啤酒的罐子,散落的烟蒂,避孕套包装盒。木材腐烂、软化的气味,根系和绿植的气味。我双手撑膝,眩晕感涌来,渗透、消退。塞普丹珀不安分地踢着啤酒罐。她把我拉到一张长椅前,按着我坐下,拿起我脖子上的望远镜,我根本不记得把它挂在哪里。她把望远镜举到我面前,对准屋子的一侧。

"你看到什么了?"

我没有回答,她抱怨一声,把望远镜从我身上拿走。

"退潮了。"她说道,"海滩上有几只鸟在找虫子或螃蟹。有黑色的鸟潜到水里,抓住了一条鱼,应该是这样。"

我觉得很冷。塞普丹珀说我的嘴唇发紫,她把我的手指放进嘴里吸吮,想让手指暖和起来,但它们拿出来后反而更冷了。有事要发生。海滩变得苍白。我想到爸爸来到这里,带着一个保温杯或两块三明治,坐了很久。

暮色把天空变得厚重、柔滑,呈现出咖啡色,随之而来的是新的开始。塞普丹珀猛吸一口气,倾身向前。我的眼球四周感到疼痛,我的视线模糊,物体的形状在颤动,空气在变黑。

"那里有东西。"她说道。她把望远镜举到我眼前,非要让我看。

是很小的鸟,但它们聚集成一大群,在空中起伏,蚀刻出图案，时而下落，时而颤动着上升，像一道浪，接着下潜至密集的珊瑚群中。即便在观鸟屋里，我也能听到它们的振翅声。又有一群鸟来了，比刚才那群还要大，下潜至珊瑚群中，接着又来了第三群——它们从另一个方向来——各就各位，在渐弱的天光中翻腾，对自己鸣叫，噗的一声向上，飞翔，落入草丛中，接着再次吞咽。一个黑色的庞然大物在茎秆间移动，蹿进蹿出，发出巨响。然后我明白了，那是鸟，它们密集得俨然一头动物，在草丛里横冲直撞，想找个地方歇息。

我能感到脸上的热泪。我站起来。我没有回头看，但依然知道塞普丹珀站在小屋的门边，看着我向前。我在沙子上滑行，差点儿摔跤。有雨声，但夜是清朗的，繁星犹如空中的海沫，大海的涡流在不远处，斜坡上房子的顶部像交叠的双臂一般冒出来。我能感到塞普丹珀的拖拽，她在叫我回到她身边。未溢出的血液在我体内嗡嗡贲流，面前的房门让我如释重负，进屋后，一切倏地安静下来。

我躺着，睡意沉沉地等着塞普丹珀回家的声响。我想象她在夜里去了外面，犹如一只具有多个身体的生物在芦苇荡中横冲直撞，她的千头千翅扎进浪中，埋进沙里。我感到她压在床上的重量，她的手抚摸着我的头发。

过了一会，在卫生间里，睡意依旧，我的月经来了。我笨拙地打开棉条包装，方法不对，不得不再开一根。卫生纸上的血和以往不同，是棕色，成块的，我的肋部像一台在学校被人用过的手风琴的风箱。冲水时，我看到左臂靠下的位置有什么东西，硬币大小。我擦了擦，舔湿手指，再擦。擦不掉。皮肤皱了起来，呈米白色。我在水龙头下冲，但它依然在那儿。

2

妈妈总说我们不小了,不该玩捉迷藏了,但我们不听。塞普丹珀玩得很好。我待在厨房里数数,听着她咚咚远离的脚步声,她总是前后虚晃,让我听不出她会往哪走。她最喜欢在雪地里玩捉迷藏,她会给我留下一串脚印,但有时会往回踩两步,掩盖自己的踪迹,或用手压出假的脚印,又或把脚印全都盖上,让我完全看不出她的去向。我数到一百。"准备好了吗?"

我先找了几个显眼的地方。沙发后,壁炉里,浴缸里,楼梯下的书架间。她不在我找的几个地方;她瞧不上这些地方。她也不在食品储藏室。灯泡还是坏的,但我扶着打开的门,站在门口听了很久，往架子那里窥探。

我几次上下楼梯，好让她不耐烦。在我们的捉迷藏游戏中，你可以随意移动，从一处偷偷跑到另一处，藏到捉的人找过的地方。她通常喜欢狭小的空间——小到她几乎塞不进——床底下或卡在壁橱里。我在卧室里轻手轻脚，慢慢把门蹭开，近乎无声。如果你趁对方不注意捉到了她，奖励会更多。走廊上传来类似玻璃瓶在木地板上滚动的声音，我冲过去，双臂大张："捉到你了。"但她不在那里。那里空无一人。

我暴露了自己的位置，所以我快速移动，闹出动静，夸张地在地板上跺脚。我们睡觉的卧室被整理过了。不是我，也不是塞普丹珀，肯定是妈妈。我们去参加海滩派对前在房间各处和下铺乱扔的衣服已经叠整齐，在地板上分为两堆，还有我们各自的连裤袜和内衣，卷起来摆在衣服上，完整的一身行头。跟刚脱下来似的。下铺的羽绒被鼓鼓的，异常饱满。我佯装着打开橱柜，在衣架中翻找，弄出很大的声响，然后大跨三步至床边，双臂晃动着保持平衡。

我觉得我看到被子下面有双脚一闪而过。把被子往上一翻，"阿哈"就在嘴边，刚要说出口，又咽了回去。床上没人。我爬到上铺，也没人。

我把被子扔到地上，走出房间，回到走廊上。我很害怕，有那么一刻——比一刻更短——我想象我的身体就是塞普丹珀的身体，两腿叉开，抵住走廊的两侧，双手撑腰，仔细听。一栋嘈杂的房子。吱吱呀呀，悉悉索索，锅炉声，某处的滴水声，卫生间里排气扇的转动声。我打开通风隔间的门，轻轻地走进去，关上门，蜷缩起来。

我的手臂不小心碰到了滚烫的锅炉，一脚踹到了我面前的墙中。我的脚后跟胡乱摆动，整个人往里倒：这面墙其实并不是墙。我透过缝隙看。后面还有空间，在房子的里墙和外墙之间，一条仅容人卡进去的窄道。一个完美的躲藏点。狡猾的塞普丹珀。现在我不怕了；我会找到她，她也会满意我的表现。

我费力地爬进去，把身后掉下来的墙板放回原处，站起身，开始移动，夹紧手肘，手掌捂住嘴，把咳嗽压下去。我能看到——我身后的通风隔间传来光线，似乎穿墙而来——满是污垢的地板上有脚印，痕迹清晰，每个脚趾都那么分明：一道踪迹。我把脚踩到每个脚印上，大小完美契合。我一听，果然有东西在我前方移动，沿着墙壁的弧度，吸一口气，被抑住的笑声。我想到我是那么爱她，两手盖住嘴，不让自己笑出声，加速前进，我的脚抹去了地上的脚印。

就在我的身后，有东西落地的声音，我弯腰捡起来。几只死掉的蚂蚁，古老，干燥。我把它们放入自己的口袋。

快速移动的脚步声向我靠近，轰隆隆地——我站直身体——从拐弯处向我靠近，越来越近。我伸出双臂去找她，闭上眼睛，吹起上行的音阶，这是一首庆祝的曲子，她在找我的时候也会这么吹。我没有想过要害怕，当时没有，那一刻没有。

一片静寂。我睁开眼睛。没有人。我在角落处艰难转身，往墙另一边的空间向下看，那里是空的。那里没有——向下看时我看到了——尘土里一个脚印都没有。接着，我怕得要命，磕磕绊绊地走回去，猛地冲到洞口，弯腰挤过去，手脚并用，此刻我只是茱莱，没有一点塞普丹珀那种毫不掩饰、笑声能撼动岩石的勇气。

塞普丹珀站在走廊上，双手叉腰，瞪着我。我看向她的脚，确认是不是脏的，但她的黑袜子很干净。

"你玩得太烂了。"她说道，"我们看点什么吧？"

我们一起窝到沙发上，塞普丹珀温热、略带金属味的呼吸落到我的脸颊上。我摸摸她的手指和肩膀，还抹了一把她的侧脸。她往后躲开，对着电视节目嘟哝。这个自然节目我们看过太多遍了，我闭上眼睛都能背出旁白。我坐直了。

"你是怎么做到在墙背后那样的？"我问道。

"啊？"

"你有没有在听？"

她的头靠着我的肩膀点了点。

"你怎么那么快就爬到墙外了？"

她抬头看我，眯起眼睛，瞳孔只剩两条细缝。"爬到墙外？你傻了吧，茱莱。"

"你知道我在说什么。穿过通风隔间，有块松动的墙板。你就躲在那里。"

"没有,不是那里。"

"是的,就是。我听到你在那里,然后你消失了。我当时很怕。"

她朝我眨眼。电视把她的皮肤映照成沼泽地。她用舌头舔湿嘴唇。"我没有躲在那里,茱莱小虫。你已经找到我了呀;你不记得了吗?我在床上。那里不是个很好的躲藏点。这房子不适合玩捉迷藏。或许我们下次可以去沙丘上玩。"

我看着她的脸,她也回看我,眼睛一眨不眨。我能看到争吵即将开始,一道倨骜的界限表明她不会退缩,而我必须让步。我向来不擅长说谎,但你不可能用这句话来描述塞普丹珀。我们还小时,她会让我保证不说出去,但我总说漏嘴。"你有没有拿边上的硬币?"妈妈常常会问。"你有没有把这卷卫生纸点着?""你有没有把晾衣绳的一头埋起来?""没有。"我会这么说,但我的脖子会烫得发红,说话也开始结巴。有位老师曾把我拉到一边,问:"塞普丹珀有没有逼你去做你不想做的事?"我"不不不不"地应道,但"不"的言下之意是"或许"。我只有在此类情况下才会这么想。

"我记得,你说得对。我做了个梦,糊涂了。"

她对我微笑,把我的头转了个角度,方便她给我的头发打结,让头发从头皮上竖起。

塞普丹珀上床睡了,但我睡不着。房子到了晚上会变样。

我一盏灯都没开，总是一个不小心撞到墙上，被家具弹开。我确定，白天这里是没有东西的。我的眼睛逐渐适应，开始看到东西的形状。沙发、书架、通往食品储藏室或厨房的门。

我以最快的速度喝下四杯水。我翻遍前门挂着的所有外套的口袋，找到了三个纽扣、一堆硬币、卷起来的纸巾、狗饼干。我在地板上把它们弄成同心圆，把冰箱里的所有东西都按大小排列，从大到小。冰箱灯照亮了我身边的空间，一切都是模糊昏暗的，有时候我觉得在我看不太清的地方有东西在动。我眼睛疼，我关上冰箱，在地板上爬行，脸朝上，手肘后屈，像一只螃蟹。我靠着墙，腿蹬上墙后保持不动，倒立着，尽可能久地保持住，直到所有血液涌到头顶。

我去了卫生间。我们不在的时候，妈妈一直会打扫，卫生间里有消毒剂的气味，但是角落里还是脏兮兮的，水龙头的底部被水垢堵住，浴缸里的塞子被一团乱线似的东西缠住了。我冲了马桶，站在镜子前。我望着自己，等待什么事发生，然后，慢慢地，的确发生了。我看起来越来越像塞普丹珀，从未这么像过。我的脸部轮廓是她的脸部轮廓，我的眼睛变亮，变细了，眼神和她常常露出的那种眼神十分相似。她披着我的皮向外张望，像一个闯入室内被当场抓住的小偷。镜子里，我能看到我手臂上的印记扩大了，现在几乎往下蔓延至手腕，往上扩散至手肘窝。我像塞普丹珀的外套，披在她身上。

我走到厨房，翻抽屉。风在窗户的死角呜咽，我找到了，头部尖尖的东西。回到卫生间。印记皱巴巴的，皮肤像毛糙的石膏一样皱起。蜕皮了。耳鸣了。我把皮往上推了点，把小刀卡进去，底下柔软的皮肤像奶皮一样，刀一挑就挑起了整张皮，黏黏的，粘着下面的肉，肉开始变黄，看上去很糟，闻上去也很糟，表面有一道道痕迹和软化的小点，有些地方的肉变白了，毛发和皮肤一起掉了下来。没有疼痛，但接着疼痛便来了。我能听到有人在大喊，他们在喊："你在干什么？塞普丹珀，你在——"

3

早上,塞普丹珀给了我油漆和油漆刷,说我们要粉刷卧室。她似乎对这件事兴致勃勃,充满活力。她开始放音乐,跳舞,手臂伸到空中,前后摆动臀部。我也跳了起来,她嘲笑我,说我看起来像跳马卡雷娜舞的老头,所以我不跳了。

"好吧。"我说道,"家具我自己搬。"但其实我并不介意。

我用力把沙发拖到中间,把电视机从墙边拉走,移动空架子。家具背后的墙壁已经在掉漆了,石膏涂料松动,扑簌簌地掉。我们用勺子和墙皮铲刮掉了很多。塞普丹珀用一条围巾围住我的脸,尽量不让我吸进去,但我还是动不动就得停下歇一会，去卫生间吐出带粉末的痰。油漆桶的颜色组合很奇怪，每个颜色看上去都不正常。

"妈妈不喜欢红色。"塞普丹珀说道。

"她喜欢，那条裙子不是吗？"

"她只穿过一次。"

"好吧。她肯定不喜欢蓝色。"

"你知道什么。"

"我就知道。"

最后，我们从厨房里拿了一个蘸料碟，把几个不同的颜色混合，想调出紫色，几乎就要成功了。我们休息了一会，我吃了点面包和奶酪，这些肯定是妈妈放在外面的。我想让塞普丹珀也吃点，玩了起来，咻地把面包送至她的嘴边，她皱起鼻头，瞪大眼睛，我只好放弃。

晚上，我用绷带缠起手臂，边角处用胶带贴住。我一直在等塞普丹珀注意到，问一声我怎么了，她或许看到了，但什么也没说。我到卫生间去，打开水龙头，假装自己在小便，开始找自己身上是否还有别的印记，奇怪的斑点，以前没有的东西。我把绷带边缘挠开，以为能看到柔软的表皮和裸露的血肉，但一夜过后那道印记又长了回去。另外还有一道新的印记，在我的大腿上方，比第一道印记更大。我把裤子往下拉，用手指捏了捏。皮肤和烘焙纸一样干燥，粗糙，如同牛津老房子里的老旧墙纸一般鼓起一个泡。我挤了又挤，想把颜色逼出去，让它缩至一个小点,但印记还是没变。我尽量用双手箍住自己的大腿,确信自己在晚上又瘦了些。塞普丹珀开始叫唤我的名字,每叫一次后面都跟着一声"禽",于是我拉起裤子,去到客厅。

"快点,"她说道,"我们来做这个。"

我们把刷子蘸上大块油漆,粉刷墙壁。手臂有节奏地一上一下,把能刷到的地方都刷了。不算完全成功。松脱的石膏糊在刷子上——刷头黏糊糊的——油漆虽然填到了孔隙中,但墙面看上去坑坑洼洼,毛毛糙糙。尽管如此,我们依然继续;现在收手已经晚了。我的脸上沾了很大的一块,感觉自己很蠢,嘴巴和鼻子里也有油漆。塞普丹珀也把自己弄脏了,好让我开心,她把刷子摁进头发里,扫过眼皮。

我看了看墙,说道:"她会喜欢的。"

"她会的。"

我们在客厅里移动。这比我想象的更累,我的手臂作痛,我的肺仿佛在灼烧。我休息了,四仰八叉地躺在沙发上,不小心把油漆沾到了靠垫上。塞普丹珀还在刷,她把油漆甩到墙面上,然后用手指抹匀。

时间是古怪的,它前后移动,让我觉得天旋地转。我抬头看,我们根本没刷多少,只刷了细细的一条;我再起身时,整面墙都刷完了,塞普丹珀正要关上卫生间的门,一切都慢成一道涓流,一个个钟头或者一天天,不过是看着她的脸在门缝中变细,一点点,一点点,快要消失,消失不见。我清醒过来,塞普丹珀进展迅速，快速地刷过墙面，刷子急吼吼地，油漆在我身上干成一层，痛痛的。

"我饿了。"我说道，然后她停下，给我找了块面包，烤好，涂上黄油；我飞快吃完，着急地等着下一块。

我们刷完了第一层，接着，不作停歇，开始从头刷第二层。"或许我们应该等油漆干透。"我们刷了约莫十分钟后，我说道。可是塞普丹珀仅仅哼了两声，继续刷。

油漆黏糊糊的，刷毛缠成一团。我们一刻不停地埋头干，在天黑前刷完了。我手臂的肌肉在抽动。

我环顾四周，发现灯亮了，而塞普丹珀不见了。我的影子随我在客厅穿梭，现在几乎站成一条直线，她的手仿佛抓住了我的脚。墙面是深紫色。我张嘴大喊塞普丹珀的名字，接着闭上。"别朝我怪叫。"她会这么说，"我想来的时候自然会来。"客厅比之前看上去更小了，我们仿佛把自己刷到了一个洞穴中。

窗边有一块看上去特别湿，有些正往下掉。我走近，伸出手，食指碰到墙壁，它凹了进去，湿答答的，我的手指径直穿了过去，碰到了深层的冰凉空间。我把手指扯出来。墙里面传来一个声音，一阵悉悉索索的动静，上千只翅膀的振动声。我把耳朵贴到洞口，仔细听。是鸟群向地面俯冲，穿过芦苇丛的声音。

我的侧脸有点痒。我用一只手用力拍了拍脸颊。一只蚂蚁。我看着它，接着再看看墙。蚂蚁正在涌出来。它们被油漆粘住，被困住，扭动身体，奋力向外，把自己拉出来。后来者爬过被困住的那些，借它们的身体爬出去；成群的蚂蚁，数不胜数。他们一下子冲了出来，软化的墙体进一步变形，它们小小的、坚实的身体把洞口撑大。有东西在墙里尖叫。洞口传来窸窣声，接着出现了一只鸟喙，它撕开石膏，一个黑色的身体出来了，翅膀卡在身后。我碰了碰它，呼呼颤动的温热羽被，急促痛苦的脉搏。

蚂蚁成群地盖过这只鸟，埋进它的身体里，布满它的全身，往它细软的茸毛里钻。我张开嘴，不住地大叫。

已是深夜，一片漆黑，我在卧室里，但我不知道自己是怎么进来的。我平躺着，塞普丹珀蜷缩在我身上，膝盖卡住我的腰两侧，额头几乎就要贴到我的额头。她的眼睛合着，我微微一动，她的膝盖抵住我的躯干，她的双手往下按住我的胸口，手掌平摊，手指往里扣。我张嘴喊她，她深吸一口气，把我想说的话都吸走了，吸到她的体内。

好吓人的梦，我想，太吓人了。然后天亮了，我正站在我把手指捅入的墙面前。不可能，我想，我整晚都在那里。根本没有洞。我的手抚过墙面，检查确认。油漆已经干透，形成一个个气泡和难看的纹路，但墙是实心的。

4

安置房里的夜断续呢喃，睡眠像毯子一样堆在我的头顶，长日耗尽了我的精力，最终沦为黑暗的陪衬。我咳嗽着醒来；爬到最上一级楼梯后必须停歇片刻，喘口气；总是觉得头晕，除了吃饭的时候，然后会觉得饿疯了，只要是吃的，我都会大口往嘴里送。安置房中的两个星期。待了两个星期的安置房，塞普丹珀在这里出生，她在这里——至少——看上去住得很自在。她会突然定住，仿佛在听我听不到的话语；一声不响地跑开，几个小时后再回来时，眼睛亮晶晶的，嘴上带着有弧度的笑。有时，我会因为疲倦、饥饿而冒出一个想法，它很缥缈，才冒头就快被盖过：那天在网球场发生了什么。有事发生，但我们不记得了。

安置房承载了许多。它承载了这些：妈妈无尽的悲伤，塞普丹珀反复无常的怒火，我从未满足过他人所需的无声辜负，四季，房子四周的灌木丛中死去的小动物，我们出于爱或怒火而说的每一个词。

我不记得网球场的事，但我记得另一件事。当时我们分别是十一岁和十岁，正在玩昏暗的安置房里玩"塞普丹珀说"。还是白天，但我们拉上窗帘，用羊毛开衫把台灯罩起来，灯光因此变成彩色的，蓝蓝绿绿，窗边还有一片橙色。妈妈下楼，晚餐做了比萨，烤焦的面饼味久久不散。塞普丹珀刚和她吵过架，妈妈再一次退让。塞普丹珀眯起眼睛。我尽已所能地安抚她。

"塞普丹珀说扮机器人。"

我机械式地扭动身体，手臂僵硬地转动到腋下，塞普丹珀拍拍手。

"塞普丹珀说亲吻你的手。"

我把手塞进嘴里，舔舐手臂，嘴唇贴住手掌，等到她大笑出声才松开，我从她的笑声里感到一阵愉悦。

"动起来。"她说道。我定住了。"把你自己点燃。"我站着一动不动。"把你的手臂弄骨折。"我没动。"尖叫，直到你瞎了为止。"我的眼睛一眨不眨。

"塞普丹珀说跳弗拉门戈舞。"她说道。我在屋里大步起舞，把脚往上踢，转动双手，把麻花辫在头顶上甩一圈。

"塞普丹珀说把蛋黄酱全都吃掉。"她说道。我虽然抱怨了一声，但还是把罐子从冰箱里拿出来，拿着一把勺子坐到沙发上。塞普丹珀望着我，偶尔帮忙舀出一两勺蛋黄酱，在我看上去快要不行的时候欢呼。我的肚子很痛，但我还是吃完了整整一罐，接着把罐子顶在头上，而她则高兴地大叫。我们听到妈妈下楼，溜到了卫生间里。我把耳朵贴到木地板上听，想知道她会不会再上楼。她在厨房里走来走去的声音传来。

"塞普丹珀说把你的手放到热水龙头下冲一分钟。"她在我身后说道。我转身，确认她是不是认真的，但她正和镜中的自己对视，拉扯她两颊的皮肤，戳戳她的脖子。我打开热水龙头，把自己的手伸过去，大声数数。我能看到她的双眼闪动，往下看我有没有乖乖照做。等了一会儿，水龙头才出热水，但一分钟快到的时候，水已经很烫了。我的手通红。塞普丹珀吸吮我的手指，拍拍我的头，撑起自己的身子坐到水池边。我想找个借口结束这个游戏，找到一条出路，但她太快了，我赶不上。

"塞普丹珀说屏住呼吸一分钟。"她说完后为我计时，而我则鼓起脸颊、紧闭双眼地憋气。

"塞普丹珀说扇我巴掌。"她说道。我把手往后收了一点，然后轻轻地落到她脸上，没有响声。她露出嫌恶的表情。一条命没了。"塞普丹珀说扇我巴掌。"我的手往后,接着向前贴住她的脸颊,脸颊一下子就红了,她哀嚎一声后咯咯笑了起来,我也开始大笑,没听到她在说什么。

"什么?"

她重复了一遍,望着我。

"塞普丹珀说在你自己这里割一刀。"她指向自己的脖子下方。"塞普丹珀说现在就做,否则你就输了。塞普丹珀说快做。"

我思考了一会,或许我不该这么做,但接着我意识到我会去做。空气凝滞。妈妈在楼上的动静很大,不会及时过来。这个游戏从来没有这样过,虽然它常常有这样的趋势:塞普丹珀说吞了这粒小电池,在红灯时躺到马路中央。

我将将能够到医药柜,打开柜子,拿出妈妈用来刮腿毛的一包剃刀。刀片上立着她的一根根深色毛发。我拿出一片,快速地在自己胸部上方划了一下。没事。我又划了一次,这次侧着划,立刻就感到剧痛,我感受到温热的液体,叫了一声,声音一定穿透了屋子,传到了厨房中。然后,妈妈来了,把刀片没收,伸手,或许这一次,无论如何,我都会告诉她,然后我和塞普丹珀的关系会破裂,再也回不到从前。可是妈妈说个不停,一分钟里问了十个问题,一边从橱柜里掏出绷带,于是我没有告诉她事情的原委。塞普丹珀抱着我,我没有告诉她。

日子由血液串连起来,被红色的针缝合:那一天卫生间里的血,海滩上的血,游泳池里的血。我拉扯手臂上的印记,想看看下面到底是什么,但它就是不愿露出来。今天,我的肚子上出现了一块新印记,就像一层糖衣。我想给塞普丹珀看,但她心情又不好了,跺脚走路,把家具推来推去,把时钟上的时间拨乱。我们昨天着急粉刷墙壁的目的不再。我紧紧跟着她,撞到她的脚后跟,差点把她绊倒。

"消停点吧。"她生气地低声说道,"别来烦我。"

我退回去,但没有退让。她的怒火像浪潮,把我卷挟进去。她的头发脏兮兮的,泥巴在金色的发丝里凝结成块,肩膀上散落着似乎是烧焦的纸屑。天气炎热,房子闷得不透气。我在冰箱里找到了冰激凌,一定是妈妈买的。拆了两根,把一根递给她,她像看疯子一样看着我。我用舌头大大地舔了口自己的冰激凌,缓解了皮肤的瘙痒。

"真的很好吃。"我说道,她打翻我给她的那根,冰激凌从我手里掉到了地上,开始在瓷砖上融化。我抓住自己的这根,木棒紧紧嵌进我的手里,我想到我的皮肤现在是什么样,它变得粗糙,还想到如果继续这样,我会彻底凝固。

"你还好吗?"我说道。她的眼睛亮得令人无法直视。"塞普丹珀?"

"我知道照片的事。"她说道。我知道她脸上的那种神情,意味着她要伤害我,为了达到这个目的口不择言。我不需要看手机;我知道你在做什么。我知道他给你发的短信,我知道不是他。当然不会是他。茱莱小笨虫。

冰激凌融化到了我手上，冻得人一激灵。她似乎没有在看我，而是不知怎的，透过我看向门外。

"本该是你的。"她说道，但我没来得及回应，有人弄响了信箱，然后双手握拳敲响了门。石头铺得稀松的车道上传来动静，乓乓乓乓，有人撞到了碎花盆上。一道影子透过窗户落下，在脏兮兮的地毯上铺展开来。我跌倒在地，蜷缩在塞普丹珀身边。

他们把脸贴在污浊的窗户上，两手在眼睛四周拢起来，想要看清。他们喊我的名字，我回头看塞普丹珀，但她已经不见了，飞快地上楼了。我勉强能认出是谁，红头发，溜肩膀。

我走去开门，塞普丹珀在房子的某处吹起警戒的曲调，但不是针对我的。

约翰看上去有点难为情，手臂裸露在外。"你好啊，我就是想过来看看。"他说道。

他看上去和我记忆中的模样不同了。我用力回想和他差点做爱的感觉是什么样的，但感觉记忆并不真实。他朝我绽放一个大大的微笑。

"我就是想见见你。"他说道，"我带了这个。"他拿起一瓶酒，"你想喝点吗？"

他的身体和一闪而过的路牌一样令人分心，我不记得人和人之间应该说些什么。我真希望塞普丹珀能过来，掌控当下的局面。她要么不理睬他,要么觉得他来这很好,她会对他很友好,知道该说些什么。我希望是这样的,但同时又希望她别过来。

"你妈妈在家吗?"他说道。他在太阳下晒久了,苍白的皮肤被晒伤,颈部的皮肤脱皮。他的腋下有一圈汗渍。

"我姐姐在楼上。塞普丹珀在楼上。"

我期待他听到后的反应,但他似乎毫不在意,举起酒瓶喝了一口。我能听到塞普丹珀在我们上方移动,从一间房踱步到另一间房,就像妈妈在牛津时那样,在学校打架事件后那样。

"塞普丹珀在家。"我再次说道。

"好吧。"他应道,朝我睁大双眼。

"我要去叫她来吗?"

他没有回答。

他往屋里走了一点,仔细观察,指出各种东西,天花板的横梁,窗户的大小和形状。我们坐在沙发上,就着酒瓶喝。他坦然、快速地说着话,并不需要我开口回应。他聊起他的几个哥哥,年纪都比他大,家里的每一辆车都被他们撞坏,都是些小事,说这说那。他说起女孩时,我看到他朝我这边瞥,我明白他是在问塞普丹珀对那件事怎么想,对他和其他女生约会怎么想。我再次感到尴尬,希望她能下楼,而且我在生她的气,还在生他的气。我拿起瓶子喝酒,咽下去时有点冲,我被呛到了。我停止咳嗽后,他的手放在我的膝盖上。

"我姐姐不在这里,"我说道,"她在楼上。"

"那很好。"

他的脸贴近我的脸,正如他在海滩上时那样,他的嘴贴着我的脸颊。他的手在我的膝盖上,我不确定该怎么办,因为塞普丹珀在楼上而不在这里,因为我在她之前喜欢上了他,这个古怪的红发男孩。我先喜欢上的他,她当时知道照片的事,却没阻止我。我要这么做,我心想。我知道我这么做是为了伤害她,像她有时候伤害我那样,我想到自己的脸在镜中和她多么相似。

我也把手放到他的膝盖上,他似乎视之为邀请,他的嘴移动,罩住我的嘴,我尝到了他的气息——烟味,肯定是他在走到屋前的路上抽的,他早餐吃的培根——还好奇塞普丹珀是否也尝到了一样的味道。这个吻持续了一阵,但他似乎无法或不愿或过于紧张而没有深入下去。我记得之前那件事的二手体验,向他伸出手。感觉像看着地图走。他一边带领我,一边发出让我厌恶、尴尬的声音,但这些声音也很有帮助。他快速地得出了一个令我不安的结论。似乎停在这里更好,我记得在海滩上时也是这样,匆匆结束。第一次时我便感到似曾相识,而且它甚至没有真正在我身上发生。而这一次,我什么感觉都没有。

"还是一样好。"他结束时说道。他一条手臂圈住我的肩膀,我的脖子处于一个很不舒服的姿势,我能感到他在泄气。刚才和上次一样好。他似乎有点惊讶,开心,他拿我们俩作比较很奇怪。似乎——虽然我并不确定自己是否足够成熟，可以评判——拿姐妹俩作比较是不对的。"上一次你也一样好。"他说道，然后我意识到他把我们俩搞混了。我们长得根本不像，但他搞混了。

我躺着一动不动，担心他会不会发现这个错误，然后生气，把我当作一场诈骗的同谋。他大口喝下瓶中仅剩的酒水，开始再次聊起他的家人和他们家的农场，还说等他长大后不想和农场有任何关联。

我察觉到了房屋中的异样。一种绷紧的感觉；仿佛食管无法吸入氧气。约翰似乎没有察觉，他还在说，偶尔轻柔地拍拍我，抚摸我。房子的窗户微微颤动，我感到墙面在收拢。有一股烧焦的橡胶味和一场持久的雨后积水的霉味。他的头发因静电竖起，我的也是。

他看着我、想要辨别的时候神情变了。我意识到他在害怕。他清清喉咙，挪动到沙发的另一头，坐着，机械般地把一条腿叠到另一条腿的膝盖上。我不知所措，坐在壁炉边的地板上。他开始像之前那样聊天，漫不经心地东拉西扯他家里的事，他家的几辆车和几只狗。塞普丹珀在我们上方砸东西。即便在楼下，我也能感到她的狂怒，怒气汇聚在我脊椎的顶部。约翰的声音嗡嗡不断，他的两只手在膝上张合。那些话对我来说毫无意义。我想到那天在学校。似乎所有的一切都促使我想到那一天。上方安静了，当我看向楼梯时，塞普丹珀就在那里，蹲在最上面的一级台阶上,透过栏杆空隙向下看着我们。

"我姐姐来了。"我对约翰说道。

他迟疑了一下,看了看我,然后环顾四周。"好吧。"他说道,"我可以见见她。如果你想的话。"他似乎被制服了,不知怎的畏缩了。不管他进门时有多趾高气扬,此刻都已不再。"我想见见她。"他说道。

"你见过她。"他让我恼火,他后知后觉的愚蠢,这种可笑的装模作样。"你见过她。"我大声道,他的肩膀往下巴处收紧。"在海滩上。我们俩你都见过。你不记得了吗?"

他摇摇头,站起来。"我不知道你在说什么。"

他让我觉得恶心。他正在玩的这个游戏。我看向楼梯顶部,让塞普丹珀下来,让她现身,好把这件事情了结。约翰移动到了门边,急急忙忙想穿上鞋。我还在楼上找她,但塞普丹珀已经到了楼梯脚下,朝我走来。她的嘴唇在动,但她说的话并非来自她口中,而是来自墙壁。她的话在房子里轰鸣,充塞了我的耳朵以至于我听不到自己的思考,除了塞普丹珀的声音之外听不到其他的声音。她拿着望远镜。约翰还在费劲地穿鞋,单脚跳着,他的脸在领口上方涨得通红。塞普丹珀正拿着望远镜,晃动着,她脸上的神情我很熟悉。她正拿着望远镜,把它投到空中,我接住了它,然后它和约翰的侧脸接触,他看上去惊呆了,上一刻还好好的,下一刻便往地上倒去。他直直地躺着。

5

约翰的额头上已经显出淤青，皮肤染上了一抹颜色。我一手拿着望远镜，而塞普丹珀已经无影无踪。客厅在我四周空荡荡的。我在发抖。我弯腰碰了碰约翰的脸。他还在呼吸，但没有醒来。

我上楼，呼喊塞普丹珀。房子又热了起来，墙上的暖气管炽热，管道不断发出砰砰的声响。我去我们的房间找她，又悄悄地到妈妈睡觉的房间找。她不见踪影。我在床底下和衣橱里找她。她会出来的。她在开玩笑。我了解她大笑时的模样，她的嘴唇会向上扭曲，露出黄油般质地的牙龈。

我回到楼下。约翰没有任何动作，我在想我是不是杀了他。我在食品储藏室寻找，又在卫生间里找了一遍。我的上方某处传来树木啪地在暴风雨中折断枝干的声音，我摸头时发现我的头发湿了，像在雨中被淋透了一样，我的双手闻起来有烟味和烧焦的气味。浴缸底部积了很多树叶和尘土。我张嘴想大喊塞普丹珀的名字，但没有发出任何声音。

6

飓风雷吉娜在晚上登陆,乘着如注大雨冲上了岸。有人说整条阿宾顿路都被淹了,人们靠独木舟出行,上下蹚水,在路牌前拍照表示到此一游。某人的孩子淹死了,孩子掉下了船,被水卷走。开车去学校的时间比以往正常情况长了一倍;一半的公共汽车都停运了,我们到学校时,有几间教室在漏水,没法使用。

我们用外套遮住脑袋,冲着赶去上不同的课,才刚离开大楼身上就湿透了。这一周的前几天外边的地上有我的照片,都浸湿了,墨水流到水坑里,但现在这些照片已经不见。

塞普丹珀和科斯蒂两人被强制停课三天,待塞普丹珀回校时,她已胸有成竹,神情坚毅。她说话很冲。她不断插到我跟前,午餐时告诉打菜的人我想吃什么,在课上替我回答问题。她帮我背书包,包就挂在她一边的肩膀上,另一边则挂着她自己的书包,有时还会在我做题时倾过身来,改掉答案,把她的笔迹强加在我的上面。

她已经告诉莉莉和其他人放学后在网球场跟我们碰头。我不知道他们沟通得怎么样,也不知道他们觉得她会在那里做什么。那天早上,她把小刀塞进了口袋。当我上课坐在她边上,在卫生间,在课间休息或午餐吃土豆泥和奶酪时,我一直在考虑跟她说我不希望这么做,告诉她我们取消行动。午餐时间,我在食堂里想象自己的声音会是铿锵有力的,我会握拳敲击桌面以示强调,她会露出一副气恼的模样但还是接受了,之后,我们的关系就此稍稍改变,她会听我的,而且在我说不想做某件事的时候听我的。我抬头看见瑞安正从食堂另一头盯着我们,他双臂交叠在餐桌上,眉间紧皱。

"怎么了?"塞普丹珀说道,气呼呼地转头看。

"没事。"我说道,但心里想着——情不自禁地——如果只有我一人会是什么样,如果我先出生、塞普丹珀根本不存在会是什么样。或许,我会交到几个朋友,瑞安可能会在班上问我一个问题,然后嘲笑我的回答,或者我们会一起在操场边散步,或者他会触碰我的肩膀,又或者——

"走吧,我们吃完了。"塞普丹珀说道,一边把我的食物倒到她的托盘里,拿去扔掉。我突然感到愧疚,双臂环住她的腰身,她亲了亲我的额头。

飓风很厉害,有几个人在午餐时间就回家了,但我们没有。塞普丹珀由内而外地神采焕发,她洁白的笑容和浅色的头发,还有不断从她最终冒出的词语。我记得每一个细微的时刻。她俯身凑近饮水口,起身时用袖子擦嘴的样子。她硬让我一遍遍玩"绞架"猜词游戏的样子,小人在页面上不断成型。她选了哪几个词?燕—子、洞—穴—探—险、埋—葬。她一直在看钟,当她看的时候,我一直看她的脸,观察她脸上闪过的神情,既兴奋又紧张。

午餐后,她上数学课,我上体育课。更衣室在漏水,凉飕飕的。我看着自己皮肤变得像粥一样。老师无精打采,正在打电话,我们则来回跑动,弯腰碰到白色的线,然后再转身跑回去。瑞安也在。我先前并没注意到他,但接着看到他一闪而过,他瘦巴巴的手臂弯曲着在他的胸侧抬起,短裤下方是他骨感的膝盖。老师吹响哨子,我们集合,手撑在大腿上直喘气。他在我旁边。我往下看到地板上他磨损的运动裤,他的呼吸渐渐平稳,颈部冒出一层汗。

"嗨。"他说道。我知道他说得特别小声,这样一来别人就不会察觉到他在和我说话。我没有回应。

"我想说声对不起。"他说道,"抱歉发生了那件事。我想道歉。"

屋顶的某处穿了一个洞,雨水漏进来,溅湿了地面,汇成一方小水洼。空气闻起来是污浊的,有股脚臭和汗臭味。我能闻到他,我想,他除臭剂的余味。我当时本可以说些什么,说几句能让彼此变得亲近的话,但老师在朝我们喊,叫我们起来,飓风听上去比之前更近了,而他只是勉强笑了笑,迈出腿,小跑回白线处。

塞普丹珀在更衣室外的走廊里等我。雨重重地砸下来,干脆利落,顺着天沟大股泻下。我已经能看到她在想接下来的事,她心不在焉。

"嗨。"我说道。我想告诉她瑞安道歉了,告诉她或许就这样吧,我们没必要做任何事。我们只需再读一年,之后我们就会离开,告诉她不用等很久,等我们离校时根本不会记得发生过什么。

"你准备好了吗?"她说道,"我想比他们先到。"

话语堵在我的喉咙口,就像圆木堵塞了河流。堵着的是话语,也是犹疑、反复、暂停、口吃、分歧和错误。

她已经迈开步伐。我跟着她。

7

我们离开教学楼,艰难地穿过操场。草皮一片泥泞,跑道几乎看不见了。护栏网破了,上面还缠着稀疏的枝条,远处的角落里埋了几颗球,被人丢弃的T恤。往回看,教学楼消失在了大雨中,窗户透出的光依稀可见。暴雨如注,模糊了我的视线。风声几乎被大雨盖过,但偶尔能听到。风雨让我不得不压低身体,阻挡着我们的计划。塞普丹珀时不时走到我身边,牵着我的手,她的手指把她的兴奋轻拍至我的手腕上;时不时冲在前面,头也不回地双手插在口袋里。我赶忙跟上,鼻尖有腐烂草皮的气味,我的头发湿漉漉的。操场的另一头是片树林,树下的灌木茂密，有成片的荨麻，高高的草丛。

在安置房里，我正在说话，话语扭曲了我的下颌。接着穿过树林——穿过树林——

接着，我们在树林中穿梭，我看到塞普丹珀闪现的身影，她的脚踢着泥泞的地面和树干，脸仰起对着天空。我很久没来学校的这片区域了。地面凹凸不平，树根向上拱起。雨点掉进了我的雨衣的脖颈处，打湿了连衣裙领子，顺着我的鼻尖往下淌。塞普丹珀已经走到树林深处，倔犟地向前冲，身影被树干挡住；然后又出现了。她好像忘记了我也在。她来这里不是为了我，我想到，接着停住脚步，想着是不是该回学校去，躲在厕所里直到一切结束或者打电话给妈妈，大声地通过话筒说："我不想做这件事。我很害怕。我不知道该怎么办。"

我在树林的边界犹豫着。被大风吹得狼狈，艰难地呼吸。勉强睁眼想辨认旧网球场的铁丝围栏，但只能看到泛光灯破碎的光束或低矮的棚屋。我抬起双手在嘴边合拢，想着或许该叫塞普丹珀过来；我的手垂落在身侧，我的声音渐弱。

我决定继续向前，急忙地想跟上塞普丹珀，差点失足跌倒，有些地方的荨麻高度几乎和我的脑袋齐平。树林在我们周围隆隆作响，我透过树木抬头看天，天空呈白色，远处依稀传来雷声或新修主路上开过的汽车声。这时，我已经能清楚地看到网球场和棚屋了，塞普丹珀正在往那走。棚屋低矮，屋顶上长满了青苔，一面墙角度怪异地倾斜，另一面烂穿了，可以看到屋内。我抓着树干，将自己往前推，除了回头看看莉莉或其他人有没有跟上来，一刻都不停歇。但学校操场又大又空旷，树林又很密。我的耳内有微弱的鸣声，或许这是只有我才能听见的一种频率。

在安置房里，我的身体正在脱离自己，失去了形状和轮廓，与记忆扭作一团。

我来到棚屋；长在河边的大蒜的气味飘了过来。塞普丹珀在里面，踢着脆弱的墙体，双目炯炯，两只脚来回乱踢。我想伸手碰碰她，拉住她。如果我能暂时让她停下来，我会说什么呢？棚屋里散落着正在腐烂的木质球拍，墙体在丛生杂草的重压下松动。我向她伸出手。我会说几句话转移她的注意力，问个问题，我会问她还记不记得——或者我会抓住她的肩膀，不停晃动，直到这个计划脱落。

我会抓住她的肩膀，不停晃动，直到这里发生的事脱离她，脱离我。但她正——跳着躲开，踏出屋外，来到雨中，对我敷衍地微笑。她正往积水的网球场走去。我抓牢门板，注视着她。我想出去，跟她去浸在水里的网球场，一盏锈迹斑斑的巨大泛光灯开了，在潮湿的空气中发出诡谲的光。我想待在棚屋里，蹲下等待，直到一切结束。从不远处，我觉得自己听到了叫声，或许是莉莉和其他人正朝我们走来。塞普丹珀在灌木丛里择路前行，一只手划过铁丝围栏，朝网球场的入口走去。我感到胸腔里冒出一声尖叫，呼之欲出，像葡萄酒般填满口腔。她走进网球场，对着水洼踢，把水踢到空中，有那么一刻，水似乎在泛光灯带着嘶嘶声的光束下凝滞。有一声类似木材断裂的声音，我抬头看。

　　雨沉重地下个不停，树木在我们四周和上方飘摇，经受击打——上方突然传来震动。网球场外边的一棵树，就在围栏边上，正在倾斜，树根从泥土中现形，仿佛树想走动走动，离开原地。塞普丹珀依然笑个不停。她金色的脑袋往后仰，张着嘴。那棵树——无声地倒下，倒向一侧，撞到了最大的一盏泛光灯，而那盏灯不过是被潦草地支起，金属松脱的嘎吱声，树的拖拽，将死之躯把泛光灯拽倒，压垮老旧的围栏，坠入球场的积水中，有那么一刻球场被照亮，弥漫着——光。有一股被熄灭的火堆味，烟味。有人在尖叫。塞普丹珀的身体在某种力量的推动下向后弯曲，之后我才意识到是电流。我想跑过去，但棚屋在我四周坍塌，墙体向我逼近，我被困住了，有人在尖叫，在尖叫，那是——有人在尖叫——那正是我。

第三部分

| 希拉 |

一开始,学校打来电话。电话那头的声音,她认得,过长的停顿,鼻息的节奏。她一下子就想到:是茱莱。茱莱出事了(而且当然,她也想到:塞普丹珀对她做了什么)。但是这次出事的不是茱莱。

开车去学校。在飓风中行驶,很危险,曲折穿梭于被雨掩盖的小巷,冲过昏暗中几不可见的红灯,其他车子不知从何处朝她猛冲过来,将将擦过。双手紧抓方向盘,朝驶过的摩托车大喊的她当时想什么呢?她想到了女儿的父亲。想到了哥本哈根的那个夏天,她和他初见,这个男人在酒吧里走到她和她朋友坐的桌边,对她说着她听不懂的语言。之后,他用一口完美的英语说道:"我想带你转转这个城市。"再之后,他用一口完美的英语说道:"我们同居吧。"漫不经心地把她的包袋甩到一边,开门,轻拍她的嘴唇,让她别说话。

她快到了,在最后一个转弯口,她听到侧面的后视镜粉碎的声音。一心想着塞普丹珀。第一个孩子,生气勃勃、发丝闪亮的孩子,眼睛像他,她柔嫩的小嘴说话的语调也像他,固执和贪婪都像他;仿佛他没有死,而是不知怎的钻进了孩子的皮肤里。这种想法不好。车子往路沿上爬,接着又砰地滑下来,她的牙齿在舌头上方合拢。她的第一个孩子,横冲直撞、流鼻血的孩子,跟在她身后的茱莱就像风筝一样。有时候,看着她就会有一种巨大的恐惧,她觉得这么做会把她从肩膀处提起,会让她飘走。

塞普丹珀是她父亲的女儿。忧虑的阴影盖过她们美好生活的入口。

无论她们躲在哪栋房子里,门把手都会在黑暗中转动,在夜里。他的躯体在游泳池里的画面,打理干净、睁大双眼的他。她坐起来望着门口和窗户的时候,一直在想:甚至死了,甚至死了,甚至死了。

学校被一辆救护车蓝绿色的灯光照亮。她在车里能听到担架正颠簸着下台阶。或许这是塞普丹珀在开玩笑,恶作剧——一如既往——玩过头了。你有几个孩子?一个。你为什么决定要一个孩子呢?我没有,我没有,我没有。茱莱的脸出现在救护车敞开的后车厢门里，一股消毒剂气味的毯子盖在她的肩膀上，她转动的眼球落在希拉的脸上，以一种从未有过的方式紧紧钉在她脸上。

希拉的母亲去世后，她的银行账户需要注销，在印度有一栋房子要卖出去，书和厨房设备得清理。但两个女儿留下的东西太少了。不留下任何残骸让人留意，念想，这非常符合塞普丹珀的风格。她的卧室——也是茱莱的卧室——干净整洁；沙发上有本书，她想可能是塞普丹珀正在读的，冰箱里有喝剩的半瓶酸奶，可能是她的，也可能不是。阁楼上有成箱的成绩单和她小时候画的画，画上的鱼全都是棕色和黑色的。洗衣篮里有脏衣服，药柜里有一副镊子。希拉把所有她能找到的东西都放到床上，躺在这些被遗忘的、被落下的物品之间。如果她再等等，塞普丹珀会回来找它们，在这栋寂静的房子里轻踩着泥脚印，爬到床上，躺在她身边。和她的母亲、彼得去世时相比，这种痛苦是不同的。从前，她可以将悲痛切割，尽管困难，但还是能分解成小块。但失去塞普丹珀不是这样。没有一刻，她可以不去想发生了什么，忽略手臂上下、蜷曲在她胃中、纠缠在她头发里的回忆的重负，像瘤块一样扎进她的皮肤。她躺在床上，等着塞普丹珀回来，但她不能永远这么躺着。她还有一个女儿。

茱莱的存在将希拉从牛津的床上拖起来，迫使她穿好衣服。

可茱莱坐在厨房桌边，穿的却是塞普丹珀的连衣裙，说话时发出塞普丹珀的嗓音，抬头看她时带着塞普丹珀猜疑的凝视。跟塞普丹珀不同，茱莱一直都像她。她常在街上看到别人把目光转向皮肤更白的一个女儿身上，知道他们心里在想是不是她绑架了她。一个人死后不会在我们心中继续活着，他们就是死了。她给茱莱做了吃的，给她梳头，费力地跟她解释发生了什么，但茱莱似乎没有听到她说话。毕竟，她有什么资格去说服别人呢？不过，每当她在房子里听到动静，她依然以为那是塞普丹珀，每次有人敲门或来电，她期待的是她的身影，她的声音。**开个玩笑而已，这次被骗到了吧？**

这级台阶，塞普丹珀调皮捣蛋、发脾气时坐过。这面墙，希拉用来记录她们的身高，塞普丹珀总是更高的那个。这扇门，塞普丹珀曾摔过一次，之后她说了些什么，她又摔了一次。这个洞，是她用一把破椅子的腿撞出来的，是的，那一次她被狠狠教训了一顿。这个玻璃杯，是她最喜欢的，从不让别人用它喝水。茱莱在她的卧室里自言自语。这个地方/那个时候/这是那次的墙地板坐椅桌子。

回忆的碎片重现。有一次她摔进了月季丛里，希拉给她拔刺的时候，她躺在沙发上，下巴绷紧，脸颊湿漉漉的。塞普丹珀在她肚子里总是乱动，一刻不消停，尤其在晚上，还有一大早，希拉倾身拿牛奶时第一次宫缩的阵痛。她们为了牙仙子争论过，塞普丹珀的脸，她的手指护住牙齿，拒绝把牙交出来。

第一次宫缩时，她紧闭双眼，祈祷它快点过去。彼得当时正在卧室听广播。他们已经在安置房待了一个月。距她与他初见刚过三年，但二人的关系已经很糟。她以前常常会到卫生间里，锁好门，待上数个小时，等他出门。他白天外出了，塞普丹珀从她的体内出来，来到这栋房子里，床单被血濡湿了，胎盘被扔到一角，小小的身体战栗着，放松，接着握住她的手指。那一天的安置房似乎变得不同。她素来不喜欢这栋房子，但那一刻，她和它一同等待小小的新生命来到世间，墙壁在她发出第一声响亮的啼哭时收缩。她记得塞普丹珀住在安置房里的那段时间，这些回忆几乎不带一丝痛苦，不似在牛津时那样；回到安置房会更好。那是她唯一可以哀悼的地方。

彼得像一只破碎的瓶子，埋在她的孩子体内。她的孩子擅长操纵他人，能做出残忍的事，有时候把自己的妹妹当容器，带着她走来走去，拿起来，随后又放下，什么东西都向她倾灌。

希拉还小时，她常常会从母亲的钱包里偷硬币，把硬币嵌进手臂或肚子上的软肉里，用力压进去。梦境带来的悸惧在白天依旧持续，她真想知道每个人是如何忍受的，照常走动，聊天，假装一切都好。医生给她开的药让她思维迟缓。药片让她恍惚迷糊地度过了青少年岁月。停药后，她和这种难受的感觉拉开了距离，但它依然存在，迟迟不消，热气氤氲。和彼得在一起时，她觉得这种感受又回来了，生活再次失常，她觉得自己永远也无法恢复。而现在，是的，它又来了。依然是同一具熟悉的躯体，驶进了那座风吹雨打的码头。阴郁的悸惧降临，从她的口耳，透过她的皮肤，进入她的体内。比以前更难受了。当然。

她的第一个孩子死了。

安置房的床已经发臭，但她依然拖着自己躺了上去，把羽绒被拉过头顶，而后绝望像一团嗞嗞作响的昆虫群罩了过来，让她神志不清。她分辨不出自己和房子的界限在哪里。房子从哪里结束，她又从哪里开始。

晚上她起来了。在厨房给茱莱做辣椒，在黑暗中做菜；切了一个洋葱便筋疲力尽，拿刀往下切大蒜时，她发现自己也随之崩溃。在她身后的客厅里，沙发响了一下，仿佛有人刚刚坐下。她舀了一勺辣椒，意识到自己的身体依然存在。她不断以为自己听到了塞普丹珀的声音。她不停想着彼得就在这里，只不过在她的视线之外，他正在等她睡觉。每当这种难受的感觉出现，彼得总在那里，它带着他一起出现。死去的人并未真正死去。

她起床，画了几幅安置房，还有塞普丹珀进出房间的画。床把她固定住了，或者说她把床固定住了。

生塞普丹珀的过程很顺利，很快，但茱莱是紧急剖腹产生下来的，因为她的体位侧躺着，双臂屈起，护住自己的头部。这种怪异的感觉和生塞普丹珀时的剧痛很不一样。医院产房里好多人，他们都戴着口罩，分不清谁是谁。彼得就在人群中，但过了一会又不见了。她不确定他的方位。一片帘子把她分为两半。她真希望自己能看到他们在做什么，能知道什么时候能抱到孩子。她感觉有几只手在她的体内飞快翻动，一股重压来了又去。接着，孩子出来了，被放到她的胸口，她的皮肤覆盖着一层柔软、发臭的油脂，眼睛睁得大大的，很机警。

之后的几年，两个女儿还很小的时候，她曾想过要写下身体容纳了其他东西时的感受，如何做到既是血肉之躯，又是灰浆、石膏之体。她为安置房和之前牛津的房子感到惋惜，更加理解被噪音和痛苦填满是什么感觉，明白了为什么墙体有时似乎被它自身压垮。孩子生下来后，她感觉被清空了，好比一栋备受喜爱的房子关上门窗，准备过冬。

她感觉她的身体不属于自己，这种感觉持续了很久。之后，她和孩子的父亲在一起时也有这种感觉，她再次感到两个孩子在她体内，将她撑大，势不可当地，把她的身体当作休息站。再之后，在安置房，她想象自己将会写出什么书，画出什么画，画里会有一个深色头发的女人看着自己的皮肤皱起，塌陷，感到自己的双腿变成砖块,双臂变成烟囱。她没有把它写下来,或许,到了如今这个时候,她再也不会写了。她不知道自己还会不会提笔写作。

她还会不会书写那个死去的女儿?在这一刻,她不知道,但或许她会写。近十七年的时光,两段线从她的体内出现,来到这个世界,把她和她们相连。目前,她并不觉得其中一段被剪断了,只觉得它去了一个她追不上的地方。她太他妈的想去超市砸碎每一个她看到的玻璃杯。她想让世界毁灭,如果可能,她想找到时间的起始,倒回去,不顾一切,回到那个死去的女儿在牛津的房子里重现的时候,虽然在那里的生活并不快乐,但是,她时时刻刻都在那里。如果有必要,她愿意割下自己的一磅肉,只为了补上空缺,那里曾有个愤怒的、无理取闹的身影。

她会梦到很久以前怀孕时的日子。她看见之前并不存在的警告,不断想着:为什么我没有阻止这一切发生?塞普丹珀还是婴儿的时候,总是把食物扔到地上,这意味着什么吗?她以前总是在希拉喂奶的时候拉扯她的头发,这意味着什么吗?她第一天上托儿所没有像其他小孩一样哭,头也不回地走进学校,这意味着什么吗?她的父亲的恨意和爱意如此相似,这意味着什么吗?

|茱莱|

1

我并不清楚时间过了多久。

我去冰箱拿牛奶,直接对着瓶口喝,牛奶滴到前襟,溅到地板上发出声响。

她死了。

但塞普丹珀不可能被杀死。

我在卫生间的镜子里找她。我能看见她,她正快速移动,她充满爱意和恨意的脸正看着我。我看向肩膀后边,想把她抓出来。抓到你了。她不在那里。镜中的塞普丹珀大发脾气。

隐藏在我体内花园各个角落的回忆向我涌来:只有我一人,就这么过了几个月又几个月又几个月。在没有她的冰冷的床上入睡,很生气,跟她在我身边时一样生气。在海滩,在屋里,在车里用她的声音说话。独自一人玩"塞普丹珀说"。独自一人吃饭。自言自语。

水池在我倒下时撑住了我,地板接住了我。她死了。她没死。她死了。她没死。

我把脸贴在地板上。是的。当然。她死了。有东西在我的胸腔内拍打,就像那只我曾看到奋力挣脱墙体的鸟,它的翅膀开开合合。没有她,我不是一个完整的人。我的姐姐是黑洞我的姐姐是将倾之树我的姐姐是海。

与其这样,还不如疯了。还不如疯了。

有一刻我是清醒的。我走到另一个房间,坐在沙发上,看着地上的约翰。他看上去年纪很小,红头发,有雀斑,张着嘴睡觉。我记得,就好像才发生一样,当时我在海滩上,知道我想要他，他也想要我。塞普丹珀不在场，但我一直像她一样说话，带着她的那股自信和冷漠。我把连衣裙拉到头顶，走到海里，海水可真冷啊，盐分会刺痛人，约翰的舌头和我的舌头，我小腿肚上粗粝的沙子，消去又落下的痛，我们胸口的相互碰撞。

我试着移动，但曾经属于我的一切都不再听从我的命令。如果塞普丹珀在这里，她会说……如果塞普丹珀在这里，她会大笑……如果塞普丹珀在这里，她不会允许有任何……我回到卫生间，站到马桶边，因为我可能会觉得恶心，我等着她来往后抓住我的头发，可她没有。她没有，她没有，她没有，她再也不会。

我躺在床上。我下楼。约翰走了，门没有彻底关上。除了塞普丹珀，不曾有人存在过。我几乎不曾存在过。我把手塞到嘴里，往下啃自己的指关节。我挠挠手臂，露出牙齿，模仿开心、难过的表情。印记又变大了许多，已经覆盖了我的肩膀，卷须状的印记蔓延至胸口，朝我的脸部蜿蜒向上。

现在我要去哪里？塞普丹珀说："开心点，茱莱小虫。"塞普丹珀说："别闷闷不乐的。"塞普丹珀说："你要是真那么生气，就去跳崖啊。"我走到墙边，手指抠进石膏层，说道："把我带走吧。别选她，选我。"

屋子里的光线变化着。我从一个结论跳到另一个结论。我明白塞普丹珀死了，一直以来她都不在。也明白那些我曾以为属于她的想法，其实都是我自己的想法。最后几天发生的事渐渐清晰。我感觉脑袋被空洞填满。我从来不认为她离开了我，她的身体把我推出镜框外。我用眼角余光看的时候，觉得看到有东西在动，它不在房间里，而是在我体内，在皮肤之下蠕动。我会坚持下去。一个不算决心的决心徘徊着，然后下定决心。我会把她留在这里。

所有塞普丹珀做过的坏事情。让我滴血起誓。让我把自己的生日和她的并到同一天。把我的自行车砸坏了。不对妈妈好。让我也不对妈妈好。让我偷香水。把我绊倒。把我压在水下。剃了我一边的眉毛。还有太多其他的，列都列不完。

所有塞普丹珀做过的好事。爱我。照顾我。就是我。

2

我陷入了一场白日梦。梦里,塞普丹珀还活着,我们成了我们最爱的电视剧里的角色。塞普丹珀是哈德利,衣服口袋里有一副蓝色橡胶手套,过目不忘。我是贝尔,戴单片眼镜,说话结巴。我们在牛津,穿梭于学院之间的地下管道里,哈德利沉浸在我们发现的古代秘文中。有一段时间,我独自一人,尝试破案但失败了,但之后,我找到了一个办法让她起死回生——我移除了自己的一根肋骨,使用了我在牛津大学图书馆的一本古书里找到的古埃及秘术。哈德利一开始很古怪,死气沉沉,说话大舌头,用的句子也不像她的风格。不过最终,她的情况有所改善，我们发现了一直以来都在寻找的东西。它埋在牛津的街道下，在地窖、管道和隐蔽的角落里：我们日夜求索的答案。

外面天黑了。我走到每间房间里，打开所有的灯。我头疼，疼得厉害，以我的太阳穴为中心扩散，像一条绷带般缠住整个头部。我躺在沙发上，闭眼等待疼痛消去，但反而越来越疼。我想上楼找妈妈，告诉她一些事：我以为塞普丹珀还活着，但我现在知道她死了。可我的肩膀和胸口沉沉的，压得我动弹不得。我的皮肤发痒，我几乎可以肯定，我能感觉到印记在持续扩散，从鲜活的皮肤中溢出，留下一道新的沟壑板的痕迹。

她死了是不是更好呢？我把指甲嵌进眼周的皮肤。我拉扯自己的头发，白色的椋鸟在我的眼皮后方爆裂。我啃着嘴唇，咬破后才停下。我抓挠自己的大腿。她死了是不是更好呢？

安置房扎根于大地。塞普丹珀十岁时，告诉妈妈我们俩应该在同一天过生日。有时候，我觉得话语溜进我的大脑，像乳牙一般松动，随时准备让她代为发话。塞普丹珀用螺丝刀戳穿了我的自行车轮胎，于是我们共骑她那辆，在大学公园里穿梭，在马路上逆行，经过皮特·里弗斯博物馆，像鬣狗一样对人行道上的行人嚎叫。如果说话语是乳牙，那塞普丹珀就是存放乳牙的盒子。她说:"听我的,茱莱。"她说:"别担心,茱莱。"

我意识到自己的双手在动,但我已失去知觉。我试着把手指张开,合拢,但它们毫无反应。我的手臂自手肘以下是麻木的。我的舌头像嘴里的一块面包,我的脚趾也开始失去知觉。绷带缠绕似的头痛不断挤压,疼得难以忍受,但突然间又松开了。

我想着所有在她死后我可以做的事。吃我喜欢的东西,和妈妈聊天,出门散步,看我喜欢的节目,和海滩上的几个人成为朋友,交我想交的朋友。我自由了。

不。不。不。不。不。不。不。不。不。

是的。

塞普丹珀说屏住呼吸。永远屏住。屏十六年。塞普丹珀说钻进炉膛里,这样我就能用你点火了。塞普丹珀说这里有把小刀,切开你的肚子,让我住到你体内。

去我想去的大学。住到我想住的城市。看我想看的电视。吃巧克力、苹果、红椒、马麦酱和肉糜。

3

我们十一岁,我们正等着看日食。我们曾在 YouTube 上看过,在维基百科上读过。一个天体运行到某一点,挡住了本应照到另一个天体上的光,这时候日食就发生了。我们在牛津房子的空房间里,里面又闷又热,椽子间结满了蛛网。妈妈在书房工作,不知道我们在这里。没人知道我们在这里。我们从厨房拿了装燕麦片的纸箱,塞普丹珀像拿着武器一样手持美工刀,已经在硬纸板上切出了半个圆。

"剩下的你来?"

我摇摇头。她递出美工刀,刀片伸出带着划痕的塑料外壳。

"来嘛。不然这就不是我们两个人的作品了。"

我接过她的刀。经验告诉我她不会退让。对面的某栋房子,有人正在砍前院的高大橡树,刀片旋转传出噪音,外面的空气因木屑而凝滞。我把硬纸板平放到一块从妈妈书房找到的废木板上,把刀片用力往下推。或许是用力不当,或许是我的手在抖,刀片一下子穿过硬纸板,顺滑地划进我的拇指,并不怎么痛。我看着被割开的皮肤,直到血开始往外流。我能感到自己的腿在发软,膝盖打弯。

"别担心。"塞普丹珀说。她拿走我手里的美工刀,稳稳地斜着切进她拇指的柔软指腹上,直到血涌到刀片上才把刀放下。她对我大笑,然后慢慢静止。

当时我就知道会出事。她拇指流的血染红了她的双手,还蘸到了洞口,血的颜色在硬纸板上更深了。她的大拇指在两颊一抹,留下一道战损,用动作示意我照做,但我吓呆了。她伸手去抓美工刀,拿起来,薄刃就这么抵在她的喉咙上。我能看到她的皮肤因此皱起。

"如果我死了,你也会死吗?"她说道。

这不是她第一次问这种问题。**如果我被绑架了,你会用你自己来换我吗?如果有个假冒的在这里,你会认出对方不是我吗?如果我断了一条胳膊或腿,你会把你自己的那条也切下来吗?** 答案,当然,永远只有一个。

"我会。"我说道。我知道我会。

我希望她放下美工刀，但她一动不动，她的眼睛颜色很浅，和花园远处的猫的眼睛差不多。

"如果我们中的一个快死了并且我们可以选择哪个人去死，你会为我而死吗？"她说道。

我能感到自己的舌头动作笨拙。

"会的，当然。我会去死。"

"你保证。"

"好的，保证。"

"写下来。"她放下美工刀，我松了一口气，至少，不用担心刀了。不管说什么，做什么，我都愿意。

有一袋妈妈曾经用过的旧素描本，画纸上全都是我们的脸。塞普丹珀不停翻找，终于找到了一支笔，递给我，翻到一本素描本的空页上。

"写下来。如果你写下来，就不能反悔了。"

我拿着笔，然后蹲下去写：如果我们中只有一人能活，活下来的那个会是你。

塞普丹珀把这页纸撕下来，放进自己的口袋，接着抱住我，我被她的气味环绕。

4

　　我走到最底下的一级台阶，心想我会爬上去，找到妈妈，告诉她我知道发生了什么。但一脚踏上楼梯后，我顿住了。空气或血液发生了变化。我身边有塞普丹珀的气味，就像那天一样，裹住了我。前方的台阶很模糊，我分辨不出它们之间的分界线。我想着每一件正在到来的事，每一件将要发生的事。我的脚在抖。真可怕，这一切的可能性。真可怕，除了悲伤一无所有，但我想把书念完，或许再上个大学，然后，在那之后，找份喜欢的工作或四处旅行，遇见某个人，或许和他们住到一起。我又想到了做爱，这次会更好，或许再学会烹饪，或者看一本她不想看的书。每个词、每个可能的结局中都埋藏着：我会把你放下。我不会留住你。我会活下去。

我继续爬楼梯，沿着走廊，打开妈妈的房门。羽绒被很厚，她的身体睡得暖乎乎的。我贴着她躺下，她说道："怎么了，茱莱？怎么了？"

她的气味之下，还有塞普丹珀的气味。

"怎么了？"她和我脸贴脸，我记得她以前也会这么做，但那是很久之前了。我能在她身上看到塞普丹珀，在她的鼻子和嘴巴的形状里，甚至在她眨眼的样子里。我不知道该怎么告诉她我所需要说的一切。我不知道从哪里说起。它埋葬在网球场，棚屋倒塌的残骸，散落着注射器和沾血床单的救护车里。我不知道该怎么告诉她我一直和塞普丹珀的鬼魂生活，她挂在我的脖子上。

"她死了。"我说道。

悲伤是一栋没有门窗、无法辨别时间的房子。我蜷缩着贴上妈妈的后背，一只手臂搭在她身上，这样——在夜里，在黑暗中——她的肩膀和我嘴中的头发可以属于任何人。可以属于塞普丹珀。一切都停止运行，体内的指示灯关闭，不需要进食或排泄，甚至也不需要真正地入睡，虽然我似乎整天在睡，毯子下是我自己的气味，房子像一辆发动机空转的汽车，发出咔嗒声。一天夜里，不知为什么醒了过来。翻过身，发现睡裤贴着小腿湿透了，闻到了我自己的尿液，身下的床单也湿透了。头疼如尖钉扎在额头正中央，往下钻。月光穿过光秃秃的窗户，照亮了妈妈提上来的一桶水，海绵擦过我的腿和手臂时发出刺耳的声音。床单被扯下来，团成一团，散发着氨水的臭味。她用双手把海绵浸湿，挤干水分，撩起我的头发，温热地贴住我的后颈。

我们喜欢奶酪洋葱三明治。我们喜欢一档叫《33》的节目和大卫·爱登堡。我们喜欢海。我们喜欢坐汽车远途旅行。我们喜欢先看书里的情节转折。我们喜欢烤吐司上的豆子。我们喜欢偷来的酒。我们喜欢长时间地泡澡。我们喜欢《荒岛唱片》。我们喜欢睡懒觉。我们喜欢包装袋里的最后一块饼干。我们喜欢篝火。我们喜欢沙发。我们喜欢客厅里的帐篷。我们喜欢我们在花园里找到的东西。我们喜欢上网。我们喜欢白色连衣裙和黑色丝袜。我们喜欢偷来的香水。我们喜欢过生日。我们喜欢蛋糕。我们喜欢光着腿。我们喜欢承诺。我们喜欢《你叫什么名字》这首歌。我们喜欢袋装薯片最底下的盐。我们喜欢两个人合戴一条围巾。我们喜欢没有爸爸。我们喜欢没有朋友。我们喜欢雨。我们喜欢学校操场。

一天早上，妈妈说我不能再在床上吃三明治了，我们吵架了。

"你不懂。"我说道,"你根本不可能懂。别管我。"

她把羽绒被扯到地板上,被子铺在她的脚边。"我懂。但我们得起床。你不能废掉。"她拉开窗帘,光线落到床上,我觉得刺眼。塞普丹珀不希望这样。

你什么都不懂。我默默想着,没有说出来。她去泡茶。我数了数;自从我意识到她死了,已将近七天。我的头疼似乎从牙龈开始,往上扩散。妈妈叫我下楼。有那么一刻,我似乎能够忘记,但之后,又全部重新记起。

我们坐在沙发上吃三明治,大声地啜饮过烫的茶,就像在吃大餐;我不知道该怎么和她对话,因为没有了塞普丹珀,她曾是我们之间的桥梁和屏障。

"你有没有觉得自己一直在太空里,才刚刚落地?"我说道。

"当然,"她说道,"是的。我一直有这种感觉。"

"好像你一直吃的是太空食物,用的是太空厕所,你的手和腿还没适应重力?"

"是的。"

我们看了几个女性宇航员在太空中洗头的 YouTube 视频。妈妈对着散开、漂浮着的泡沫咯咯笑了起来,这笑声和塞普丹珀好像,以至于我四处张望找她,期盼地,兴奋地想见到她。妈妈说她想出去散步,但我一想到要离开屋子就没了力气,所以我们待在沙发上,蜷起身子,就像塞普丹珀和我以前会做的那样。我想对她说，虽然在我发现塞普丹珀死后，我伤心极了，但我的某个部分感到如释重负。我觉得自己不能说这种话。她把晚餐要吃的冷冻比萨放进烤箱，蹲下检查温度。

一天，我们开车去家园①，买了：油漆，画框，一张双人床来替换旧的上下铺，一盆蕨类，一盆多肉，两盆仙人掌，台灯，一张小桌子，一块桌布，带有字母 S 和 J 的马克杯，葡萄酒杯，一个花瓶，画本，咖啡机，硅胶，漂白剂。我们重新粉刷了屋子，挂上了几幅画，挪动了家具。

一天，我有十分钟的时间没有想塞普丹珀。一天，我又想到，如果塞普丹珀还活着会是什么样，我不知道哪种情况更糟。

一天，我申请上了一所大学。不是我的首选，但也不是保底选项。妈妈打开收音机，我们几乎把我所有的东西都打包成箱。她写的字真难认。她写了：厨且，书，四件，衣服。所有东西都装进了后车厢。我们在一个服务站停下，吃了意面色拉和胡萝卜蛋糕。我们聊起如果塞普丹珀还在，她会在大学做什么，我们会不会进同一所大学。我们会。我们卡在城里的单行道上，妈妈和另一辆车的司机大声争吵，而我则在一边把车里

---

① 英国家庭装修和园艺产品零售商。

的行李搬到人行道上。

一天,我想到:如果她还在,我不会这么做。我正走在公园的一条近路上,想到了这一点,想了很久。我想坐到长椅上,但腿却不听从我的命令,我很快地走出公园,沿着交通繁忙的马路,汽车废气,电话铃声,所有人都朝一个方向或反方向走。越想越多。是这样。真相是这样。如果她还在,我不会这么做。如果她还在,我不会活到现在。

5

但事实并非如此。
这些
没有
发生。

安置房张嘴凝视着我。我的一只脚踏上第一级台阶。我的右手握住扶手。我想把另一只脚也挪到台阶上,但被某个东西阻止了。我口干舌燥,仿佛已在这里站了很久。我能感到眼泪在落下前的那一刻汇聚起来。我承诺过,我想,我还没有忘记。

但思绪混杂，不完全是我自己的想法。话语的背后拖着某些东西，恰恰是人看不见的、不断变化的东西。我承诺过，承诺的那些话生长，填充，变得坚实厚重。我想：我爱你我爱你我爱你，我感到自己的下巴正不受控制地张开，这些话被挤出，来到了我面前的空间里。我爱你我爱你我爱你我爱你。

然后，我感觉仿佛呼出了一口冷气，塞普丹珀来到我的体内。她的到来并不轻柔，不带善意。我的姐姐是黑洞我的姐姐是被砖块堵上的窗户我的姐姐是失火的房屋我的姐姐是车祸我的姐姐是长夜我的姐姐是战役我的姐姐在这里。塞普丹珀不让我张嘴。我终于明白，我向她承诺了什么以及它的真正含义：如果我们中只有一人能活，活下来的那个会是你。我的手臂是你的，我的腿是你的，我的心、肺、胃、手指和眼睛都是你的。她就像一首熟悉的老歌，我的双手不受控制地举起，我的腿稍息立正。有那么一刻，我想到不要（不要不要不要不要不要不要不要不要），但一切为时已晚。另一个人占据了我的身体，用我的嘴说话，让我动弹不得。

6

　　如果大脑是一栋有许多房间的房子，那么我住的是地下室。这里昏暗寂静。有时候，头顶会传来东西移动的声响，像是水从管道中流过或是什么东西被慢慢消化。有时候会有一道强光照亮我栖身的地方。所有角落和楼梯下的储藏室，小小的缝隙。墙壁摸上去潮湿。为了适应环境，我变小了，像在海滩边草丛中繁衍的蝮蛇一样拉长。

　　如果大脑是一栋有许多房间的房子，那么塞普丹珀占据了每一个房间。房间像教堂一样大，她像气球般膨胀起来，填满了室内，她的思想像雾角一样响亮，像钟声一样穿透各个房间。我不知道塞普丹珀的房间长什么样，但我想它们应该是海滩，低潮，绵延数英里的沙子，无边无际的水面。有时候，我想到那个蚂蚁养殖箱，我知道箱子就跟这里一样，所有的一切都在崩溃，所有的隧道都在我爬出后不久塌陷。

某个星期天的早上，我烤了蛋糕，端着一片蛋糕和茶来到花园。晴天，传来大海和不断生长的迷迭香的气息。之前，我照过镜子，我长了白头发，几乎认不出自己的脸。我叫妈妈过来，但屋子里没有别人。我认真计算年份，想搞清楚自己错过了什么，但这太复杂了，于是我不再去想。在阳光明媚的花园里，我能感到塞普丹珀在我体内，一股小小的坚持，一个提醒。我两手在桌上交握，我看着手，想到这双手从没有真正属于过我。我记得塞普丹珀在让她丧命的那场飓风里移动的样子，她在树干之间起舞，对着天空大笑。那时她还活着，多么有生气，窃取了身边人的生命力。我在记忆的背景中，几乎不存在，不过是一抹色彩，一道阴影。之前，当我们还小时，只有塞普丹珀是真正存在的。我是附属品。我是塞普丹珀的妹妹。

我的思绪模糊不清。塞普丹珀开始在我体内变幻。我闭上眼。一直以来都应该是这样。没有其他的可能性。那天出事的应该是我。我能听到塞普丹珀正在低语，出现。我在很久以前就保证过。保证过什么？保证过一切。内容如此。现在我把它展示出来。这是我所拥有的一切。

| 致谢 |

要感谢的人太多,一页写不下。本书中的任何错误都归我。任何成功都归以下诸位:

瑞弗海德出版社的萨拉·麦格拉思。感谢你给了本书和下一本书机会。感谢每一位经手本书的出版人。

我的代理克里斯·威尔贝洛弗耐心、幽默地琢磨我写的每一个词,这本书属于我,也属于他。

艾特肯·亚历山大公司的每一位。莱斯丽、安娜、丽萨、亚历山大、克莱尔、艾米、莫妮卡。

我的编辑阿娜·弗莱彻,我的写作离不开她。她总是能在一堆杂乱的内容中挑出某个想法,加以提炼,令它焕发光彩。

乔、苏珊、戴西、迈克尔。乔纳森·凯普出版社和所有让它运行的人。

汤姆、基兰、萨瓦特一直以来在我写作和生活中的支持。

杰斯、露西、杰西、保罗、尼克、劳拉、里克、马特、埃莉、艾米丽和鲁比。

　　苏茜、马丁、安娜·布拉德肖接纳我成为家庭的一员。

　　我的外祖父。

　　我的外祖母，感谢她的勇敢、刚强。

　　波利和杰克。

　　我的父亲，感谢他的坚定、关爱和厨艺，感谢他无所不在的支持。

　　我的母亲，感谢她陪我看她不喜欢的恐怖电影，感谢她阅读我送给她的每一本书，感谢她无所不在的支持。

　　马特，感谢他接受了这些书以及这个人。感谢你所做的和将继续做的一切。向我们的未来致敬。

　　感谢书商们。

　　感谢你，不论你是谁，感谢翻阅此书。

图书在版编目（CIP）数据

姐妹/(英) 黛西·约翰逊著；邹欢译. -- 上海：上海文艺出版社, 2022
（黛西·约翰逊作品）
ISBN 978-7-5321-8199-5
Ⅰ.①姐… Ⅱ.①黛… ②邹… Ⅲ.①长篇小说—英国—现代 Ⅳ.①I561.45
中国版本图书馆CIP数据核字(2022)第098655号

Copyright: © Daisy Johnson, 2020
著作权合同登记图字：09-2020-037号

发 行 人：毕　胜
责任编辑：曹　晴
封面设计：朱云雁

书　　名：姐　妹
作　　者：(英) 黛西·约翰逊
译　　者：邹　欢
出　　版：上海世纪出版集团　上海文艺出版社
地　　址：上海市绍兴路7号　200020
发　　行：上海文艺出版社发行中心
　　　　　上海市绍兴路50号　200020　www.ewen.co
印　　刷：浙江中恒世纪印务有限公司
开　　本：890×1240　1/32
印　　张：5.75
插　　页：2
字　　数：74,000
印　　次：2022年7月第1版　2022年7月第1次印刷
I S B N：978-7-5321-8199-5/I.6477
定　　价：40.00元
告 读 者：如发现本书有质量问题请与印刷厂质量科联系　T:0571-88855633